日和ちゃんのお願いは絶対
When She
Wish upon
a Planet
まるで――
世界が終わりたがってるみたい

「――わたしと
付き合ってください！」

すべての始まりは、
彼女のこんな『お願い』で——。

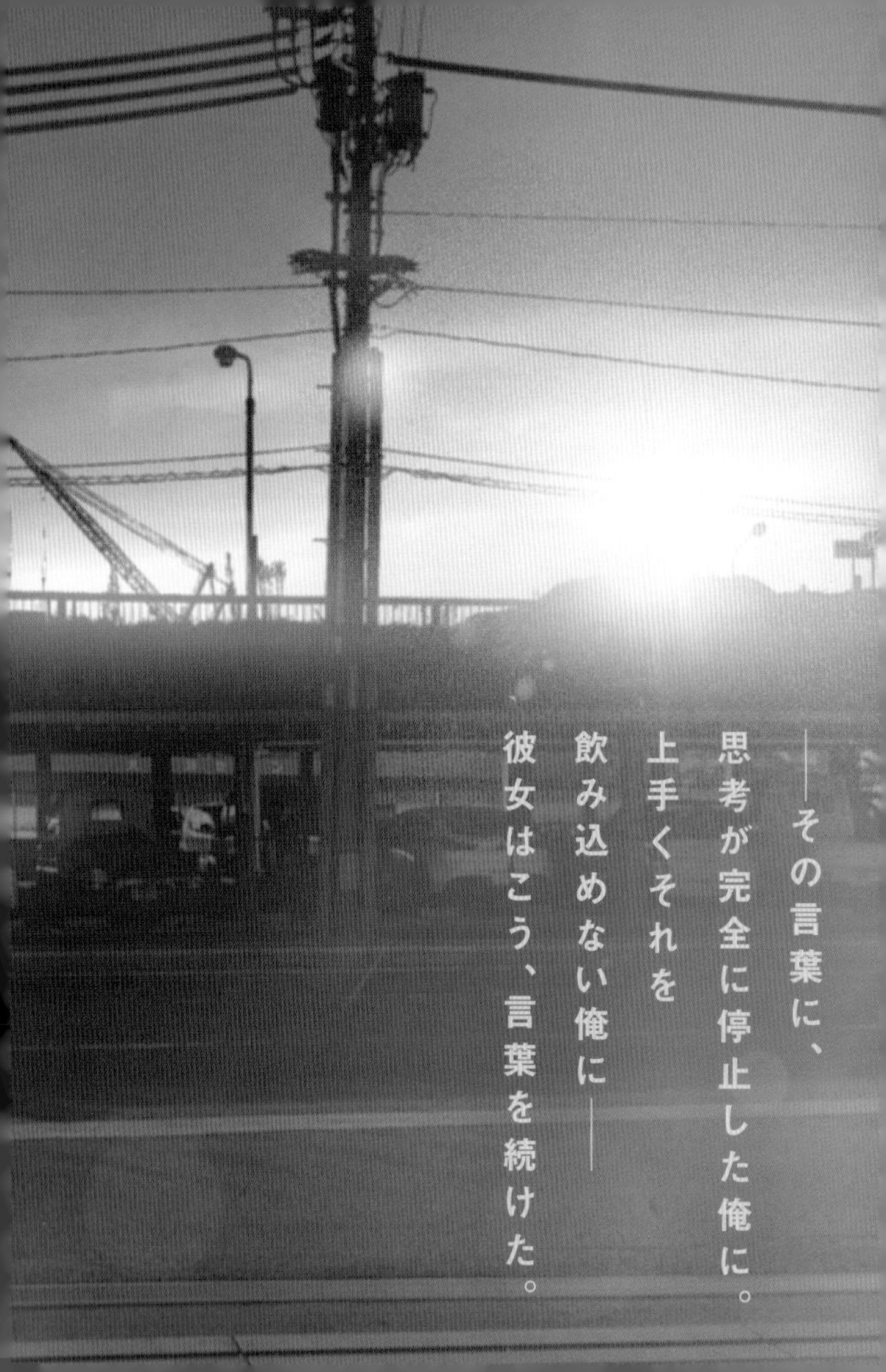

――その言葉に、
思考が完全に停止した俺に。
上手くそれを
飲み込めない俺に――
彼女はこう、言葉を続けた。

「……内緒だよ？」

「――君が、好きなんだ」

「今でもわたしのこと――好きだって言ってくれるの？」

「マジか。うわほんとだ！」
「……あ、深春、そっちスナイパー行った。多分狙われてる」

# 日和ちゃんのお願いは絶対

When She Wish upon a Planet

岬 鷺宮

堀泉インコ

# ―第1話―　恋物語

すべてのはじまりは――、

「――す、すきです！」

彼女の、こんな『お願い』だった。

「わたしと――付き合ってください！」

――水気を帯びた宝石みたいな瞳に、瀬戸内の日差しでちょっと焼けた頰。

肩に届かない髪が放課後の日差しにきらめき、口元は緊張できゅっと閉じられている。

セーラー服のリボンは風に舞って、両手は胸元で硬く握られていて、首筋はハッとするほどに白く透き通っていて――。

俺は無意識のうちに、短く息を吞んでしまった。

「……ご、ごめん！　急でびっくりしたよね！」

俺のリアクションに不安になったのか、彼女が慌てたように声をあげる。

「で、でも、本気なんだ……。わたし、頃橋くんのこと、す、好きで……彼女にして、ほしくって……確かに、意外に思われるかもしれないけど……それでも――」

「あ、いや、別に意外ではなかった」

「――えっ⁉」

「というか、そろそろ告られるかも、とも思ってた」

「えええっ⁉」

自分で言うのもちょっと照れるけれど、うん、正直この告白は予想ができていた。

誰でもそうとわかるようなサインがこれまで何度もあったんだ。

彼女の背中の向こう――俺達の暮らす尾道の街を眺めながら。

夕日のきらめく瀬戸内海と、山の斜面に張り付いている古い家々。ゆるゆる島を渡るフェリーと、木々の茂る向島を眺めながら、俺は俺達のこれまでを思い出す――。

――葉群日和。

この子は同じ高校に通い同じ教室で授業を受けている、俺のクラスメイトだ。

そもそも、春に同じクラスになった頃から、かわいい子だなと思っていた。

目立つタイプではないけれど、ころころと笑う顔は無邪気で、誰にも分け隔てなく接する優しさも好印象で、よくよく見れば顔立ちもかなり整っていて――。

あからさまにモテるわけではないけれど、密かなファンが男子の中に多数いる。

葉群さんは、そんなタイプの女子だった。

転機になったのは、二学期最初に行われた席替えだ。

くじ引きの結果、俺と彼女は隣同士の席になり、

「――わー、隣になるの、初めてだね……」

「――なんか、ちょっと緊張する……」

「――ふ、ふつつか者ですが、どうぞ仲良くしてください……」

妙にかしこまった挨拶をされたのを皮切りに――あっという間に距離が縮まった。

毎日雑談をするようになって、特に話が合うわけでもないのに昼休みまで一緒にいるようになって、休みの日にはラインでやりとりするようになって――。

さらには、

「――こ、今度、広島に遊びに行かない……!?」

「――わたし、ちょっと買い物したくて……」

「――よければ、二人で行こう……？」

そんな提案までされた日――俺ははっきりとこう思った。

もしかして葉群さん、俺のこと好きなのでは……!?

何かしら関係の発展を期待して、俺にアプローチをかけてきているのでは……!?

自意識過剰なのかもしれない。思い上がりが過ぎるのかもしれない。

それでもこんなの人生で初めてのことで、俺は素直に動揺したし、浮き足立った。

そして、どぎまぎと広島デート（デート、って呼んでいいやつだよな……？）を終え、引き続き浮ついた生活を送っていたある日の昼休み。彼女はついにこんなお願いをしてきたのだ。

「……だ、大事な話があるの。放課後……時間もらえない？」

……来た。

これきっと、告白だよな……？

ついに葉群さんから、気持ちを伝えられるんだよな……？

しかも、放課後待ち合わせをした彼女に連れてこられたのは、学校のそばにある絶景スポット、通称『ポンポン岩』だった。こんなきれいな景色を前にして伝えたい『大事な話』なんて、告白以外思い付かない。どうか、そうであってくれ。

そして――数分ほど彼女がぐにゃぐにゃとためらい、俺がそれをはらはら見守る時間を経て、ようやく気持ちが伝えられたのだった。

感想としては――うん、うれしい。

というか、ちょっとにやついてしまいそうなほどにうれしい。

告白されるなんて初めてのことだし、それがこんなかわいい子だなんて、正直舞い上がってしまう。

……まあ、

「――あら、何かしらあの子達（たち）？」

「――地元の高校生じゃない……？」

「――もしかして……告白中とか!?」

「――男子ー！　頑張（がんば）れ――！」

やりとりしている俺達の脇を、時折観光客が通り過ぎていくのがすげえ恥ずかしいけど。

このポンポン岩、この尾道でも屈指の観光スポットだからな。葉群さん、告白するならもうちょっと、人目につかなくて景色の良いとこがあったんじゃねえかな。

あと今応援したやつ！　俺は告る側じゃなくて告られてる側だ！

葉群さんも顔真っ赤だし、よくよく見ればちゃんとわかるだろ！

「……はぁ」

気持ちを切り替えたくて、俺はひとつ大きく息をついた。

返事をする前に、ひとつ確認しておきたいことがある。

「……なんで俺なの？」

そうだ──そこがよくわからない。

「確かに最近仲良くしてたけど、俺のどういうところが葉群さんにとってよかったの？」

自分で聞くのも恥ずかしいけど、どうしても気になった。

葉群さんはどっちかというと、優しくてぽわんとした印象の女子だ。

誰かと言い合いしているところや悪口を言っているところなんてもちろん見たことないし、むしろ色んな場面で決断をできず、迷っているところをばかり見ている気がする。

「──んー、ジュース、何飲もう……ヨーグルト……ピーチ……梅……」

「――頃橋くん、お、お昼何食べたい？　え、ど、どうしよう……この辺どういうお店があるのかな……」

「――選択授業どれにしよう、音楽、家庭科もいいけど……ううん……」

対して俺は、そういうことで悩まない質だ。

「――コーヒー飲む」

「――あそこのハンバーガーにしよう」

「――俺はプログラミングにするよ。ていうか、悩んでると期限間に合わなくなるよ」

そんな俺達の会話は噛み合わないことも多かったし、葉群さんはやりづらさを感じていたんじゃないかとも思う。

なのに、なんで俺を好きになんて……。

「……うーん」

葉群さんは、見慣れた表情でゆっくり言葉を選んでから、

「……わたしにないものを持ってるから、かなあ……」

「葉群さんにないもの？」

「うん。ほら、わたし色んなことにぐずぐず悩んじゃうでしょう？」

あはは、と、葉群さんは困ったように笑う。

その表情に——なんだか、胸を衝かれた。

「優柔不断なとこあるから、それでチャンス逃しちゃったりもして……。でも、頃橋くんはわたしと真逆だよね。自分の意見をしっかり持ってて、ズバッと物事を決められて……」

言うと、葉群さんはまぶしげに目を細め、

「そういうところに——憧れたんだ」

——心臓が、大きく跳ねた。

自分の意見をしっかり持っている——。

そこを評価してもらえるのは、うん、うれしい。

他のヤツらには、無神経だとか冷たいだとか言われることもあるのだ。俺自身、そう見られても仕方がないのかな、と思うこともある。

なのにこの子は、そんな自分の一面を褒めて、憧れるなんて言ってくれている——。

「だから……お願いします」

もう一度そう言うと、葉群さんは小さく首を傾げ——、

「わたしと付き合って……？」

なるほど、と、大きく息を吐き出した。

確かに優柔不断な子ではある。

うじうじと悩みがちでじれったいところもある。

けれど――少なくとも、お願いをするのはずいぶんと上手(うま)いらしい。

「……ちょっと時間が欲しい。気持ちを整理するために、返事する前に一人で考えてもいいか？」

「時間？　……う、うん！　わかった！」

葉群さんは、こくこくと何度もうなずいてみせる。

「そうだよね、すぐには決められないよね……。ちなみに、どれくらい考えたい？　一週間とか？　わたし、一ヶ月でも一年でも待てるよ……！」

鼻息荒く、こちらに身を乗り出す葉群さん。

そんな彼女に俺は、今のところの見通しを伝える――。

「いや、一晩」

「早っ！」

＊

――『世界』なんて言葉が乱用された時代がある。

乱用、だったんだと思う。

自分の身の回りの狭い範囲を指して。

あるいは、自分の届かないすべてに思いを馳せて。

そしてときには──その二つを混同して、沢山の人たちがその言葉を消費した。

それからずいぶんと時間が経って、現在。世界は当たり前のように、俺達全員の手の中に収まっている。

「──新型ウイルス感染拡大、都は外出自粛要請へ、か」

スマホで最新ニュースを確認しながら、俺は自宅に向けて坂道を歩いていた。

一歩一歩階段を上りながら、一応周囲にも意識を配りながら、俺は画面の中の記事に思考をめぐらせる。

「どんどん大ごとになるな、新型ウイルス……。東証もまた止まったし。大丈夫なのか？　これ……」

帰り道、こうしてニュースアプリでその日の出来事をチェックするのが俺の日課だった。

画面上にずらっと並ぶ世の中のトピックス、動画ニュース、コラムにコメントに解説文。

葉群さんの告白には大分動揺したけれど。まだ鼓動は妙に早いし手足もそわそわしてしまうけれど、見慣れた表示を眺めていると少しだけ気持ちが落ち着く気がした。

「と、そういや首脳会談の結果。どうなったかな」

ひとりごちながら、メニューを『国内のニュース』から『世界のニュース』に切り替える。

「あー、それくらいの共同宣言で終わるのか。事実上の物別れ、ってことだろうな」

まあ、そうなるだろうという予想が世の中では主流だった。俺自身あの二国が、手を取り合ってやっていくイメージがわかなかった。

けれど今日の俺は、そのニュースになんだか妙に感じ入る部分がある。

「……実際、お互いの考えを一致させるって、難しいよな」

——葉群さんの告白だけでこんなに動揺しているんだ、国同士の利害のすりあわせなんて、どれだけ複雑で難しいことなのかと気が遠くなる。

ため息をつき視線をあげると——目の前には、古びた住宅に挟まれた狭い坂道が延々と曲がりくねっていた。

この尾道の街は、大きく三つの地域に別れる。

尾道駅周辺の商業地域。

そこから山の斜面に向かって広がっている、古い住宅と寺院の入り乱れる地域。

そして、瀬戸内海を隔てた向島の造船所と広い住宅街。

俺の自宅があるのはそのうちの二つ目、山の斜面の住宅街で——帰宅するには、古い家々の間を縫うように走る坂道を歩かなければいけない。

もともと煩わしいなと思っていたこの急斜面だけど、頭がいっぱいの今は一層それが邪魔に思えて――俺はまた、逃避するように『世界のニュース』に目を戻した。

――過去の人々は、『世界』という言葉にロマンを感じていたそうだ。

遠く手の届かない美しい場所――。

遙か彼方にある、永久に変わらない光景――。

かつて『世界』は、そういうものを想起させる言葉だったらしい。

けれど――それは間違いだ。

きっとそれはもっと脆くて、手当をしなければすぐに崩れてしまう。

そのことを、現代の俺達は誰だって知っている――。

考えているうちに、自宅に着いた。

絵本に出てくる小人の家みたいに小さな門を抜け、玄関で靴を脱いだ。

「――ただいまー」

「あーおかえりー」

短い廊下の向こうから、母親の雑な声がする。

「絵莉ちゃんあとで遊びに来る言うとったよー。ご飯あるけえ、よけりゃあ食べてってもらおう」

「ああ、うん……」

生返事してほとんどはしごみたいな階段を上ると――自室に着いた。

部屋というにはあまりに狭すぎる、三畳間。

小さな机と本棚と、薄型テレビとゲーム機。あとは、むりやり蒲団を敷くスペースだけで、手一杯の空間——。

坂の途中という立地のせいで、この家の敷地面積は平地の住宅に比べて驚くほど狭い。そうなると、高校生の自分にあてがわれるプライベートスペースはまあこんなもんだ。

古びた畳の上に寝転がり、ニュースの続きを眺める。

そして、並んでいる記事タイトルの中に——、

「……ああ、また〈天命評議会〉か」

見慣れたその文字列が目に入って、俺は思わず上体を起こした。

表示されているのは——極東の独裁国家の民主化に対しての続報だ。

さて、どうなったか——、

「——おいすー」

そんな思考を、部屋に割り込んできた声が掻き消した。

「……ノックくらいしろよ」

「別にいいでしょ。見られちゃまずいことしてたわけでもないし」

「事故ってからじゃ遅いんだよ……」

そう言う間にも闖入者はどっかと畳に座り——勝手にテレビとゲーム機の電源を入れる。

「深春、早くやるよー」

言って、こちらにコントローラーを投げて渡す女子。

彼女は卜部絵莉。この家から徒歩数分の場所に住んでいる、0歳の頃からの幼なじみだ。

ちなみに、保育園から高校生になった現在まで、クラスが別になったことは一度もない。

今日だって、つい数時間前まで同じ教室で授業を受けていたのに、さっそくこうして俺の家に遊びにきたというわけだ。

「……ていうか、またニュース見てんの？」

「おう。もう少しで読み終わるからちょい待って」

「早くしろし」

「だから待てし」

それだけ言って、俺は視線をニュースの記事に戻す。

民主化後のごたごたが続いていた件の元独裁国家だけれど、ここにきて軍のクーデターも国連の介入で抑えこむことに成功し、筋道が見えたところで今回の立役者である〈天命評議会〉が手を引くことになったらしい――。

〈天命評議会〉――この大げさな名前の組織は、最近よくニュースで見かけることになったシンクタンクのような機関だ。今回の民主化のように、不可能と言われた交渉を易々とこなし、国際社会でも大きな注目と期待を浴びている。

彼らの動きを追っていると、自分と考えが違うなと思わされることもあった。

詰めが甘いのでは？　と感じることさえ何度もあった。

けれど、〈天命評議会〉が介入すれば、確実に状況は大きく動く――。

だからその実力はどうしたって認めざるをえないし、事実、彼らは今現在世界を最も動かしている組織と言える。

ちなみに、その素性はよくわからないところも多いらしい。

活動開始時期、構成員、所属する国家。そのすべてが不明。けれど一説には――ごく普通の民間人が寄り集まってできた組織だ、なんて話もあるそうだ。

「……すげえよなあ」

スマホから目を離し、俺は思わず深く息をついた。

「マジでこれが民間人だったら……本当にすげえ」

――デマなのかもしれないと思う。

その得体の知れなさから自然に発生した嘘情報で、ほんとはどこかの国の公的な組織なのかもしれないとも思う。

それでも――俺は〈天命評議会〉が、一般人の集まりであってほしいと思った。

ごく当たり前の人間が、世界を変える――。

夢みたいな話だけど、この時代ならそんなこともあるのかもしれないし――そうであってほしかった。

「……さっきから、すげえすげえって、何が？」

「いや、世界には本当にすげえ組織があるんだよ」

「……へえ」

卜部は興味なさそうな顔でゲームを起動させている。

けれど、俺の意識はまだニュース記事にあった。

いつか自分も——こんな風に世の中を左右できるようになりたいと思っていた。

世界にとって重要な決断ができるような、そんな人間になりたい。

そのためにも、まずは勉強だ。勉強して、知識をつけて、この街を出て大学に入って——そんな未来を手に入れなくちゃいけない。

だから自分は——こんな狭い三畳間に、いつまでもいるわけにはいかないんだ。

「……読み終わったの？　だったら早くやろうよ」

「はいはい」

卜部にうながされて、現実に引き戻された。

スマホを置いてコントローラーを手に持つ。

「今日はどうする？　モードは『マジゲー』でいい？」

「だなー。俺昨日ちょっと、試したい防衛方法見つけたし」

「おーマジかー」

そう言って、右手で髪を触る卜部。

シャンプーかなにかの良い匂いがして、ちょっと俺は居心地悪い気分になる。

小さな頃はただの無愛想なガキだった卜部は、ここ数年でめっきりきれいになった。

もともと怜悧に整っていた顔立ちにメイクを施し、切れ長の目は一層切れ味を帯びた。

墨のようにつやめく黒髪は入念にセットされ、制服の着こなしも最先端。

気付けば彼女は、俺のクラスの目立つ系グループの中でも中心的な人物になっていた。

……正直、ああいううるさいタイプが苦手な俺としては、複雑な気分だった。

卜部まであんな感じになっちゃったら、ちょっとやだな……。

ただ――そんな心配をよそに、卜部の俺に対する態度は全く変わらなかった。

「――おし、わたしが敵陣突っ込むわ。ゲージ溜まったし」

「――おう、じゃあミコシは任せろ」

「――頼む。他の人らも集まってるから」

小学校の頃からの習慣どおり、今でも卜部は頻繁にこうして家にやってきて、俺と一緒にゲームする。その座り方があぐらなのだって、短いスカートをはくようになった今も変わらない。

まあ、こちらとしては、しょっちゅうパンツが見えて目のやり場に困るんだけど。さすがにもうちょっと気を遣ってくれねえかな。

「……あ、深春、そっちスナイパー行った。多分狙われてる」

「マジか。うわほんとだ！」

「めっちゃ撃ってきてんじゃん」

「まだ全然塗ってねえんだよ。ここでやられるわけにはいかねえ。……ああっ！」

「あーやられた」

「すまねえ、フォロー任せた」

彼女やネットの向こうのチームメイトと連携して、自陣をなんとか守ろうとする。

けれど……なぜか俺は、普段の調子が出せない。

エイムはずれるし立ち回りも冴えないし、プレミ連発でチームの足を引っ張ってしまう。

そうしているうちに相手の侵攻はどんどん激しさを増し、陣地は徐々に削られていって、

「あー、負けたー！」

試合時間は終了。

ジャッジキャラの鳥くんが、相手チームの勝利を高らかに宣言する。

「ちくしょー、何がいけなかったのかなあ」

「いやまあ、最初からぼろぼろだったし、後半はずっと負け確な感じだったけどね」

悔しがる俺に、卜部はドライにそう言う。

ちょっとくらい慰めてくれてもいいのに、とは思うけれど、これくらいの率直さもそれはそ

れで好印象だ。

「よしじゃあ、次のゲーム行くぞ。今度はもっと集中して――」

「――ていうかさ」

それまでじっと画面を向いていた卜部の顔が――こちらを向いた。

「深春、どうした？」

「は？　なにが？」

「変なんだけど」

「だからなにが？」

「いや全部。さっきからそわそわしてるしプレイも雑だし」

そして、卜部は怪訝そうに俺の顔を覗き込み、

「何かあった？」

――ぎくりとしてしまった。

もう平常心を取り戻したつもりだった。ニュースチェックと卜部とのゲームで、葉群さんの告白の動揺を、一旦打ち消せたはずだった。

けれど、

「……やっぱり、何かあったでしょ」

卜部はじっと目を眇めると、探偵みたいに眉を顰め、

「どうしたよ、深春がそんなにそわそわするなんて」

「いや、別になにも……」

「もしかして……」

と、卜部は一層顔をこちらに近づけ、

「……な、なんだよ？」

その距離感にどぎまぎと後ずさった俺に、こう尋ねる——。

「……告白でもされた？」

——動揺が、顔に出たと思う。

そこまでピンポイントで図星を突かれて、さすがに平常心はキープできない。

どう言い訳しよう、どこまで話そう……。

なぜか責められているような気分で言うべきことを考えていると、

「……まあ、いいけど」

ふいに卜部は、顔をゲーム画面の方に戻した。

「別に深春が誰に告られようと、誰と付き合おうと、構わないし」

……なんだよ。

だったら最初から、あんな風に迫ってこないでくれよ。なんか焦（あせ）っちゃったじゃねえか。

でもまあ、そうだよな。

「……ふぅ」

ひとつ息を吐き出し、俺は小さく安心する。

俺達の関係はそういう色恋沙汰とは数万光年離れている。

幼なじみ同士の恋愛なんて別世界の話としか思えないし、それは卜部にとっても同じだろう。

だからこそ、この関係は心地いいし、ここまで長続きしたんだ。

「よし、次は勝とうぜ」

それだけ言うと、俺はもう一度コントローラーを強く握り、次の試合のマッチング画面に移った——。

＊

「——おはよう。あの、返事の件」

翌日の、朝の教室で。

のろのろと登校してきた葉群さんにそう声をかけると、

「お……おはよう！」

彼女はビクリと身を震わせ、謎のテンションで尋ねてくる。

「い、いかがでしたか⁉　頃橋くん的には、答えは決まりましたでしょうか⁉」

「なんだよその口調、アフィ目的のブログかよ。しかも、ここで話すわけないだろ」

　思わず笑い出してしまう。

　こちらとしても緊張していたから、ちょっと気が楽になってありがたい。

「だ、だよね……そうか、ここで話さないか……」

「うん、だから放課後、ちょっと時間欲しいんだけど」

　──言いながら、なんとなく卜部の席の方に視線をやった。

　なぜだかあいつには、こういう場面を見られたくなかった。

　気まずいし、恥ずかしいし、なんか色々察されそうな気がする。

　けれど、卜部はこっちの様子なんて全く気にしていないみたいで、

「──あれ、絵莉今日クマヤバくない？」

「マジで？　コンシーラしてきたんだけどバレる？」

「割とわかる、どうしたん、寝不足？」

「あー、昨日遅くまでゲームやっててさー」

　いつもの派手系女子数人との会話に夢中みたいだった。

　……まあ、そうだわな。

　俺のそういうとこ興味ないって言ってたし、別に気にもならないか。

　いつもどおり一緒に登校してくる途中も、告白の話題なんて一切出なかったし。

「ああ、放課後……うん、大丈夫！　どこで話す？」

「じゃあ、屋上で。あそこ昼過ぎると人いなくなるし」

俺達の通う高校は、珍しく生徒の屋上利用が許可されている。

敷地面積が狭くて自由に使えるスペースが少ないこともあるのだろうし、そこから撮った写真は瀬戸内海、向島がきれいに映って非常に『映える』ので、学校としても貴重なアピールポイントとして利用したいのもあるんだろう。

「わ、わかった……」

緊張気味にうなずく葉群さん。

「じゃあ、そこで返事は聞く感じで……」

「うん」

と、彼女は何気ない様子で教室前方に視線をやって――突然目を丸くした。

「え……わ、わたし今日、日直!?」

言われて振り返ると――確かに黒板の隅、右下の日直欄には『葉群』の名前がある。

「うわ、マジじゃん」

「や、やばい……完全に忘れてた！」

「早く職員室行って、今日のプリントもらってこないと。多分先生待ってるぞ」

「う、うん……！　行ってくる！」

うなずくと、葉群さんは慌てて鞄を机に置き、教室出口に向かって駆け出した。

「じゃあ頃橋くん、またあとで！」

「お、おう。気を付けて」

ばたばたと教室を出て行くその背中を、苦笑交じりに眺める。

本当にそそっかしい人だな……。

あんなんじゃ無駄に体力浪費して、朝から疲れ果ててしまいそうだ。

と、乱雑に置かれた彼女の鞄がバランスを崩し、机から落ちそうになる。

「お、うおっと」

慌てて手を伸ばし、それを空中でキャッチ。

なんとか落下は免れたけど、ポケットから何かが飛び出し床に転がった。

――メモ帳だ。

手の平に収まるくらいの、どこにでも売っている小さなメモ帳。

何の気なしに手に取ってみると、その表紙には――彼女の字で、こんな風に書かれている。

――お願い帳。

なんだろう、家族間のやりとりのメモとかだろうか。

元の場所に戻そうかと考えるけれど、本人がいないところで鞄をごそごそするのもよくない。となると、

「あとで手渡しすればいいか」

そんな風にひとりごちながら、俺はひとまずそれを制服のポケットにしまった――。

＊

――放課後。屋上で一人、葉群さんを待っていた。

日直の仕事がまだいくつか残っているらしい、ちょっと遅くなっちゃうかも、と彼女には事前に謝（あやま）られていた。

ただ、俺にとってはそれも好都合だ。

今日はこのあと予定もないし、一人で色々考えておきたい。

俺はフェンスに体重をあずけ、眼下の景色に目をやる――。

今日も尾道はよく晴れていて、街はこじんまりとしていて、瀬戸内海はキラキラと細かい輝きを放っていた――。

頬に潮の香る風を感じながら――ひとつため息をつく。

俺は、彼女の『付き合ってほしい』というお願いを――拒否するつもりだった。

――断るつもりだった。

……確かに、気持ちはうれしい。俺も彼女には、ぼんやりと好感は覚えている。

今でも心のどこかに『付き合っちゃってもいいんじゃや？』という気持ちはあるし、他の誰かに相談されていたら『とりあえずOKしとけ』とアドバイスするだろう。

けれど――いざこの立場になってみると、そんなに気軽な話ではなかった。

というのも……そもそも、俺はこれまで誰とも付き合ったことがない。

もしOKすれば、これが初めての男女交際、ということになる。

だとしたら――その相手は、心から好きでしょうがない人とがよかった。

葉群さんには申し訳ないけれど、あまりにも潔癖すぎるかもしれないけれど――ちょっとかわいいから、みたいな理由で付き合うのは、なんだか間違っている気がした。

「……はぁ……」

思わず、ため息が漏れる。

人を振るのって、苦しいものなんだな……。

初めての経験だから知らなかったけれど、相手の好意に応えられないって、こんなに辛いことなのか。あの子が悲しむ表情がエンドレスで頭に浮かびつつけて、胸がちくちくと針で刺されるように痛い。

と、

「……ん？」

罪悪感に唇を噛んでいると——学ランのポケットに、何か入っているのに気付いた。

紙の束がリングで留められた、手の平大の何か——。

「ああ、忘れてた……」

——葉群さんの『お願い帳』だった。

朝拾って、色々と考え事に夢中で、すっかり返しそびれていたらしい。

……そして、何の気なしに。

悪気も、ほとんど意思もないままに、俺はそのページを開いてしまった。

他のことに頭がいっぱいで、プライバシーやデリカシーを気にすることもできなかった。

そこには——葉群さんの気の抜けた文字で短い文章が箇条書きに書き付けられている。

・お姉にピノ買ってきてとお願いした
・咲恵にカレコイのネタバレ解説をお願いした
・先生に宿題忘れたの怒らないでとお願いした

「……なんだ、これ」

どうも、葉群さんが日々周囲の人にお願いしたことが綴（つづ）られてるみたいだ。

『お願い帳』って……そういう意味か。

多分『お姉』というのは葉群さんの姉。咲恵はクラスの友達で、『カレコイ』はアプリで読める最近人気のマンガだろう。

ただ、なんでわざわざこんな記録をしているのかがわからない。

うれしかったから忘れないように、とか？

そして、気になってページをめくると俺の名前がちらほら見え始める。

・席替えで頃橋くんの隣になれるように先生に協力をお願いした
・頃橋くんにお弁当一緒に食べたいとお願いした
・頃橋くんにデートに行きたいとお願いした

「……えっ？」

……先生に協力をお願いした？　席替えで？

そんなの、先生が受け入れるはずがないと思うけど……どういうことだ？

なんとなく、胸騒ぎがし始めていた。

これはただのメモじゃないような、なにか大事なことを記録したもののような、そんな予感――。

不穏な気配に急かされるようにしてさらにページをめくり、

「――っ！」

――俺は息を吞む。

びっしりと、書き込まれていた。

沢山の小さな文字が飴に群がる蟻のように、あるいはエスニックな呪いの文様のように、そのページに書き込まれていた。

一瞬目に入った単語は、

――条例――安全――部隊――逃がして

――宗派――漏れなく――拒否――指導者

肌で感じる不穏さに、思わず目をこすった。

一瞬――ポエムかなにかかとも思う。

葉群さんが中二病を炸裂させて書き綴った、黒歴史確定のポエム。

けれど、そのページから香るのはそんな自己陶酔の匂いじゃなくて、追い詰められた、切実な、彼女の内側に滾る『何か』の気配で――。
きっとここには、とても重大なことが書いてある――。
――ほの暗い興味が湧いた。
真っ黒になったページ、彼女の内面にある『何か』。
そこには抗いがたい蠱惑的な魅力があって、どうしても目が引きつけられて――、
「――あー!!」
――あがった声に、ぎくりとした。
弾かれたように顔をあげると――屋上入り口の扉の前。
目を見開いている葉群さんがいた。
「わ、わたしの『お願い帳』！」
……しまった！　見られてしまった！
私物を勝手に拝見しているところを、持ち主に見つかってしまった……。
今さらになって我に返る。まずいことをした実感がこみ上げる。
どうしよう、まずは謝るか？　それとも、こんなことをした言い訳をするか……⁉
――考えているうちに、彼女はスッと息を吸いまっすぐ俺の方を向く。
そして――妙に耳に届く声で。
頭に直接語りかけるような響きで――俺にこう言った。

「──か、返して……」

──ああ……返そう。

メモ帳を、彼女に返そう……。

「……はい」

彼女の前まで歩きつくと、反省の気持ちを込めて頭を下げ、メモ帳を彼女に渡す。

本当に、ずいぶんと不躾なことをしてしまった。

「ごめん。今朝拾って、どこかで返そうと思ってたんだけど、タイミング見失って」

「そ、そうだったんだ……」

メモを胸にぎゅっと抱くと、

「ありがとう、拾ってくれて……。中……見た？　──何を見たか教えて？」

不安げに、上目遣いでこちらを見る。

「色々お願いが書いてあるのは見たよ。でもそれくらいで、あとはよくわからなかった」

「……そう」

視線を落とし、なにかを考えている葉群さん。

迷うような表情で、ぶつぶつとなにかをつぶやいていて……どうしたんだろう。

葉群さん、なにを考えているんだろう。

「……そう、だよね……。好きな人に、秘密にするのは……誠実じゃないよね……よし！」

彼女は顔をあげ——こちらを見る。

そして、昨日の告白のときのように意を決した表情で、

「あの……頃橋くん！　実はわたしね……ちょっとみんなに、隠してることがあって……」

「隠してること？」

「うん……あのね……」

「——わたしのお願いは絶対なの」

「……は？」

お願いが……絶対？

……意味がわからない。どういうことだ？

「あ、あの小さい頃にね！　色々試したの！」

怪訝そうな俺の表情に気付いたのか、一層慌てた様子で葉群さんは説明する。

「うちの親、厳しいんだけど……なんとか、お願い聞いてもらえないかなって……。そうしてるうちに『あること』をしながらお願いすると、絶対に聞いてもらえることに気付いて……」

「……『あること』？」

「うん……あ！　詳しくは内緒！　けど、相手にそれをしながら『〇〇してください』って頼むと、絶対言うとおりにしてくれるんだ……。家族だけじゃなく、クラスメイトも、知らない人も……言葉さえ通じれば、外国の人も……」

「……へえ」

「今でもわたし、時々それを使って周りの人にお願いしてて……でも本当は、それもあんまりよくない気がするから……自分を戒める意味で、お願いしたらそれをこのメモ帳に記録してるの……」

「なる、ほど」

「わかって、もらえたかな……？」

……ああ、よくわかった。

葉群さんは、人に絶対お願いを聞かせることができる方法を知っている。

それを使って、時々周りの人を意のままに操っている、と……。

なるほど……なるほど……。

――葉群さん、妄想と現実の区別がつかない、やべえやつだったのか。

絶対お願いできる方法なんて、あるわけがない。

仮にそんなものがあるとしたら、それを発見するのはこんな片田舎(かたいなか)の女子高生ではなく、世界でも最先端の研究所とか大学病院とか企業とかだろう。

つまり、葉群さんは自分の妄想を信じ込んでしまっている、ちょっとやばい人ってことだ。

危ないところだった、告白うっかりＯＫしたあとにそのことに気付いてたら、悲惨なことになってたかも……。

「……んー？」

と、葉群さんは俺の顔を覗き込み、

「もしかして、頃橋くん信じてない……？」

「いや、信じてないこともないよ。人はそれぞれ違う現実を見ているからな。葉群さんにとってはそれが現実なのは、間違いないんだろ」

「……信じてないじゃん」

不満げに口を尖(とが)らせる葉群さん。そして彼女は――、

「いいもん、じゃあ実力行使でわかってもらうから」

ふうと息をつき、俺に向き直った。

「頃橋くん――踊ってください」

「ああ、わかった」

……踊りか。

知ってる振り付けなんてほとんどない。となればしかたない。中学の頃、文化祭のクラスの出し物で覚えさせられた半分体操みたいなダンスを踊ってみせよう――。

「……ありがとう。なんか変な踊りだけど、それはそれでかわいいね。じゃあ次は――ミュージカルやって」

「ＯＫ」

ミュージカル……知っているのは、劇団四季の有名なやつがあるな。

ひとまずそれを、校庭に響くくらいの大声で熱唱する。

葉群さんはそれを聞いて爆笑し、

「あはは！　割と上手い！　頃橋くん……歌が得意なんだね、知らなかった。じゃあ最後に――有名人の物まねして」

「……ちょ、待てよ！　おい、ちょ、待てよマジで！」

「これも結構似てる……！　こういうの、苦手そうなイメージだったけど、意外と器用なんだね。……ということで頃橋くん」

葉群さんはうっすらとほほえむと、その首を小さく傾げ、

「『お願い』、実際聞いてもらったけど……どうかな？　これなら、信じてもらえる？」

「……え？」

——そこで初めて。

そう尋ねられて初めて——自分の行動のおかしさに気付いた。

「……マ、マジ、か！」

——ダンス、ミュージカル、物まね。

普段の俺だったら、どれだけ頼み込まれたって絶対やらない、恥ずかしいことばかりだ。

それを俺は——なんの疑いもなく、葉群さんにお願いされたというそれだけで全力でやっていた……。

——愕然としてしまった。

恥ずかしさもあったけれど、それを遙かに上回る驚き。

本当に——言いなりになってしまった。

彼女のお願いに、当たり前のように従ってしまった。

「嘘、だろ……？　でも、実際俺……」

考えてみれば、これまでもそうだった。

昼休み、お話をしようと誘われてなんの疑問もなくそのとおりにした。二人で出かけたいと言われ、躊躇もなく同意した。

今考えれば微妙に不自然なそれらのことも、『お願い』に操られてだとしたら納得が行く……。

「けど、本当にそんなことありえるか？　そんな、超能力マンガみたいな……」

「んもー！　まだ疑うの？　頃橋くん、まさかさっきのダンスも歌も物まねも、自分の意思だったと思うの？」

「確かに……確かにそれはありえない」

となると——もう、信じるしかないだろう。

——葉群さんのお願いは、絶対なんだ。

「……ん？　でも、ということは」

そこまで考えて——ふと俺は気付いてしまう。

彼女の能力を考えれば、当然取ることのできた選択肢——。

その強力さを思えば、当たり前に出てくる可能性——。

「昨日の告白も——『お願い』を使って、絶対ＯＫをもらうことだってできたのか……」

そうだ、そういうことになる。

彼女は人の意思を変える方法を持っていて、その上で俺に告白してきた。

なら、絶対に返事をＯＫにさせることだってできたはずだ。

なのに、

「そ、そんなことはしないよ……！」

必死の表情で——無実を訴えるような声で、葉群さんは主張する。

「好きな人の気持ちなんて……歪めたくないもん。そんなことしたって、うれしくないもん……！　だから、頃橋くんに告白したときは、『お願い』使ってない！」

——その言葉は、間違いなく本当だ。

だって俺は——告白を断るつもりだったんだから。

本当に大切な場面で、葉群さんは『お願い』を使わなかった——。

その事実に……俺は自分が思い違いをしていたことに気付く。

ぼんやりした子なんだと思っていた。気弱で、どちらかというと意志が弱くて、緩やかに柔らかに生きているのがこの葉群さんなんだと思っていた。実際今も、そういうところがあるんだろうと感じる。

けれど——それだけじゃない。

この子は、大切な場面では自分を強く律することができる。

強い意志で、自分自身に厳しくすることもできる子なんだ——。

「だ、だから……もう一度言います！」

——今にも泣き出しそうな顔で。

はち切れそうな声で、彼女は俺に『お願い』した。

「——好きです！　わたしと付き合ってええええええ！」

「……あはは」

なんだか、笑い出してしまう。

そうか。今さらになって、ようやくちょっとわかった気がする。

葉群さんという女の子の、その内面を。気弱そうな彼女の、強い気持ちを——。

そして——もう一つ気付く。

手をぎゅっと握り、唇を噛み、目に涙を浮かべじっとこちらを見ている葉群さん。

酷く不安げで、気持ちが大きく揺れているのが丸わかりな、無防備な彼女。

この子のことを——もっと知りたいと感じている自分に。

この子のそばで、この子の気持ちを、喜びも怒りも哀しみも楽しさも、一緒に経験してみたいと感じている自分に——。

だとしたら、そうだな。

一度決めたことだけど、考え直してもいいかもしれない。

決心を覆すことはあまり好きじゃないのだけど……今回は、その枠から踏み出してみてもいいかもしれない。

「……うん、わかった」

俺は——そう言って彼女にうなずいてみせた。

「付き合おう。よろしくお願いします——」

——彼女の目から、ついに大粒の涙があふれ出した。

＊

——決心さえしてしまえば、待っていたのは割とシンプルな幸福感だった。

晴れて彼氏彼女になったあと。

瀬戸内海を隔てた向島に帰る葉群さんを、フェリー乗り場まで送る途中。

学校前の坂を下り駅へ向かいながら、俺達はとりとめもなくお互いのことを話していた。

「——そっか、葉群さんちはずっと造船なんだな」

「うん、ひいおじいちゃんの代からみたい……。頃橋くんの家は？　東土堂(ひがしつちどう)の辺りだよね？」

「ああ、うちは観光客向けの居酒屋やってる。父親が店長で、母親がフロアしきってて。葉群さんの家族も来たことあるんじゃないかな。『酒房ころはし』っていうんだけど……」

そんな風に話しながら——雲の上を歩いているような、妙にふわふわした気分だった。

あんなに迷って悩んで苦しんだくせに、それでも彼氏彼女になればあっさり幸せになってしまう。そんな自分の現金さが、なんだかちょっと面白い。

それに、こうして歩いていると、隣の葉群さんに対する好意が強まっていくのだから不思議だった。大切にしたいな、と思う。俺は初めての彼女になった葉群さんを、できる限り大事にしていきたいと思う。

と、彼女にちらりと目をやった俺は、葉群さんが微妙な顔をしているのに気付いた。

「どうした？」

「……あの、頃橋くん」

「なんだよ」

「仮にも、彼女になったんだから……」

と、葉群さんはじとっと俺をにらみ、

「葉群さん、って呼ぶの、やめてほしい……」

「……ああ」

確かに言われてみれば、彼氏彼女の仲になっておいて『苗字(みょうじ)プラスさん』もよそよそしすぎるかもしれない。

「じゃあ、なんて呼べばいい？」

葉群さんは、くすぐったそうに口元をごにょごにょさせてから、

「……日和、がいい。わたしも、深春くんって呼ぶから……」

まあ、確かにその辺が妥当なのかもしれない。

呼び捨てとか下の名前とか、付き合ってるならそれが普通なのかも。

けれど、

「んー。なんか照れくさいな。苗字呼び捨てとか、やっぱり葉群さんのままとかじゃダメか？」

「えー！　そんなんじゃクラスメイトと変わらないよー！」

「けど、いきなり変えろって言われても……」

「──わたしのことは、日和と呼んでください」

「そうは言ってもな。日和の方だけ俺のこと深春って呼べばいいから、俺はこれまでどおり──ってあれ⁉　今俺、日和のこと日和って……。ん⁉　んん……⁉　もしかして日和……今お願い使った⁉」

「だって、深春くん強情なんだもん！」

「マジかよ。日和……日和……。マジだ！　もう前の呼び方で呼べない！」

こんなにがっつり強制力あるのかよ！

おいおい怖えーよ『お願い』……。日和のご機嫌損ねたら、なにされるかわかんないじゃないか……。

「……あんまり、乱用しないでくれよ、『お願い』は」

「ま、まあわたしも、頼りすぎたくないなあとは思ってるけど……」

叱(しか)られた子供みたいに、唇を尖(とが)らせている日和。

罪悪感はあるようなのだけど、そのおいしさを手放すのはやっぱり惜しいらしい。

「じゃあ、例えば……」

と日和は探るような表情で、

「車持ってるお姉に……お菓子買ってきてってお願いするくらいはいいよね？」

「まあ、それくらいはな。毎日とかじゃなければ」

頼まれる側だと考えれば地味に嫌だけど、自分の買い物ついでかもしれないしそれくらいはセーフじゃなかろうか。

「お母さんに、夕飯自分の好きなメニューにしてってお願いするのは？」

「それも頻度によるけど、まあありかな」

それくらいなら俺も頼んだりするし。

「じゃ、じゃあ！」

と、ちょっと勢いづいた様子で日和は目を輝かせ、

「先生に、次のテストで出る問題教えてもらうのは⁉」

「それはダメだよ！　完全アウトだよ！」

「えー……じゃあヒント！　ヒントもらうくらい！」

「それもダメ！　試験は成績にも関わるし、成績は将来にも関わるんだからそういうとこでズルしちゃダメだって！」

「じゃあ試験範囲！　試験範囲を事前に教わるのは⁉」

「……いやそれはもともと公開されてるだろ！」

「……そ、そうだった……！」

初めて気付いたような顔で、愕然（がくぜん）としている日和。

どれだけ天然なんだよ。こんな子が『お願い』を使えてしまうんだから、考えてみれば恐ろしい話だ……。

そんな風に話すうちに――フェリー乗り場に着いた。

この尾道には、瀬戸内海を隔てた向こうにある向島への渡し船の船着き場が、三箇所ほどある。海を隔てる、というとずいぶん距離があるように思われるかもしれないけれど、実際こっち岸と向こう岸では200メートルほどしか離れていない。昔は潮流のない時間に泳いで渡る人もいたという話だし、実際フェリーも五分ほどであちらの発着場へ到着してしまう。

そもそも――そのフェリー自体も、おそらくよその人が想像するような『豪華な船』ではない。車数台と人が数十人乗ればいっぱいになるような小型船だ。ちなみに料金は片道60円。

そしてちょうど、渡し場には次の船が来るところで、

「じゃ、じゃあまた明日ね、深春くん！」

「うん、またな、日和……」

その呼び方の恥ずかしさにあいかわらず照れていると——日和はごく自然に、それまでと同じ表情のまま、

「……そうだ、最後にもう一個質問！」

そう前置きして——俺にこう尋ねた。

「——例えば、一人の罪のない人質を助けるため、五人の誘拐犯に死んでもらうのはありだと思う？」

面食らった。

それまでの質問とは大きく毛色の違う——日和が口にしたとは思えない、深刻な問い。

一瞬、冗談じゃないかと思う。

日和なりのずれたジョークなんじゃないかと思う。

けれど——彼女はそれまでどおりの、彼女らしいどこかのんきな表情をしていて……だから俺は、それが冗談でもなんでもないことを理解する。

「……ありだろ」

　短く考えて、俺ははっきりとそう答えた。

「むしろ、それが可能ならそうするべきだろ。今は人質は一人でも、その数は増えるかもしれない。それに、罪のない人一人の命の方が、誘拐犯五人の命なんかよりもずっと大事だろ」

　本心から、そう思う。

　確かに、短期的な人数だけ見れば、より多くの人が死んでしまう結果になるかもしれない。けれど、最近ニュースを見ていても思うのだ。この世界では罪のない人が犠牲になりすぎているし、悪人が軽い罰で許されすぎていると。

　だからこそ——俺は、その人質一人が助かるべきだと思う。

　そう願うのは、間違いないと思う——。

「……そっか、うん。ありがとう！」

　あいかわらず、いつもの調子で日和は笑った。

「さすが頃橋くんだね！　なんかすっきりしたよ！」

　そのあまりの『普段どおり』さに。彼女の表情に揺らぎがないことに、俺ははっきりと違和感を覚える。

　けれど、

「じゃあ、今度こそまた明日！」

　それだけ言って、フェリーの方に駆け出す日和。

その背中があっという間に桟橋の向こうへ遠ざかって――俺はその質問の意味を、彼女に尋ねることができなかった。

＊

【速報】国連軍、[redacted]拠点に空爆。死者百五十名。

7日（水曜日）の日本時間未明。[redacted]にある過激派グループ[redacted]の拠点に、国連軍による空爆が行われました。

この攻撃で[redacted]の構成員少なくとも百五十人が死亡、指導者である[redacted]・[redacted]氏も殺害されたものと見られています。

なお、民間人にも一部被害が出ていると見られていますが、人質となっていた三十四人の学生は全員無事解放されたとのことです。

この攻撃で[redacted]は大幅な弱体化が確実となり、関与したとみられている〈天命評議会〉の正式な声明が待たれています。

[redacted]年[redacted]月[redacted]日　[redacted]時[redacted]分（[redacted]通信）

*

「──『1日分のビタミン』……『豆乳ラテ』……『チアシード』……んん……」

「日和、いつまで悩むんだよ」

「あ、ご、ごめん！　もうちょっとだけ待って、すぐに決めるから……！」

「そう言って、もう十分近くここにいるんだけどな……」

──なんて、口では文句を言いつつも。俺はなんだか笑ってしまうのを抑えられない。

普段だったら時間の無駄なんて大嫌いなのに、日和とこうしているのは楽しいのだから、結局俺も、彼女ができて内心浮かれているのかもと思う。

──日和と彼氏彼女の関係になった翌週。放課後の、コンビニでのことだった。

このところ、下校は彼女と一緒に、というのが日課になっていて、お互い時間があればそのまま尾道駅付近をふらふらすることもあって。今日も、このあと海沿いのベンチでお茶でもしようと、飲み物を買いにきたところだった。

「うーん……深春くんは何にしたの？」

「コーヒーだよ。好きだから、基本的に飲み物はこれって決めてるんだ」

「へー！　そうか、一個決めておくと楽だね、なんかコーヒーって、深春くんっぽいし……。

あー、どうしようかな〜……」

「というか、逆になにを悩んでるんだよ。別にどれ選ぶかで今後が大きく変わるわけじゃないし、なんでもよくないか？」

「え！　そんなことないよー！」

心外だ！　という顔で日和はこちらを振り返る。

「だって、深春くんとお話しするときに飲むものなんだから……ちょっとでもおいしくて、楽しい気分になれるやつの方がいいよ！　失敗したら、微妙な気分で話すことになっちゃうし……」

「まあ、そこまで考えてくれるのはうれしいけど。でも失敗しても、それはそれで話のネタになるんじゃないか？」

「……はっ！　確かに！　確かにそうかも！　で、でも……そうなるとより選択肢が広がる……？」

一層混乱した様子で、日和はおろおろと飲み物コーナーに視線を戻す。

「わたしは一体、何を飲めば……お味噌汁ドリンク……炭酸コーヒー……？」

……しまった、どうやら余計なことを言ってしまったらしい。

マニアック系ドリンクまで視野に入って、日和は一層混乱しているようだった。

「まあ、ゆっくり選んでくれよ。納得の一品が見つかるまで……」

ここまでくれば、とことんまで厳選をしてもらうしかない。俺も変に焚きつけてしまったわけだし、のんびり待とうと思う。

ただ、ぼーっと待ってるのもアレだし、マンガコーナーにでも行こうか。いつも読んでるシリーズの新刊が出てるかもしれない。

そんな風に考えていると――唐突に、レジの方から声があがった。

「――わ、な、なんですか！」

静かなコンビニの店内にふさわしくない、大きめの声量。

何事だろう、クレームとか？　とそちらを向くと――レジの前に高齢の男性が立ち、店員となにか話している。

そして――、

「そ、それ、本物……!?　包丁……!?　なにが要求ですか！」

「お、大きな声出すな！　金だけ出せば、ケガはさせないから！」

――反射的に、背筋に緊張感が走った。

慌てて気付かないふりで、視線を逸らす。

ぱっと見た印象では店員は、ちょうどうちの担任くらい。三十代くらいの男性。レジ越しに向かい合っているのはそれより年上の、多分五十代くらいの男性だったか。酷く顔色が悪くて、疲れ果てたような表情に見えた。

そしてその手には——どこの家庭にでもあるタイプの包丁が握られ、その切っ先が店員に向けられていた。

一瞬——冗談だろうと思う。

Ｙｏｕｔｕｂｅｒかなにかの度を超したどっきり撮影。あるいは、バラエティ番組、テレビドラマの撮影……身内同士でふざけて脅かしあっているだけなのかもしれない。流れている陽気な店内放送のテンションも、そんな期待を後押しする。

けれど——もう一度盗み見たレジの前。

包丁を持った男の手はブルブルと震えていて、店員は唇が真っ青になっていて、皮膚感で理解する。

——本物だ。本物の、コンビニ強盗だ——。

鼓動が一気に加速する。頭がかっと熱くなって、全身に汗が噴き出した。

「は、早く……！　この袋に詰めろ！」

そう言って、ナップサックのようなものをレジに置こうとする男性。

ただ手元が狂ったのか、一度床に落として慌てて拾い直している。

考えてみれば、目出し帽などで顔を隠していないし、手に持った包丁もあきらかに普段使いの年季の入ったものだ。こういうことに慣れているようには見えない。

そもそも——この尾道は、犯罪なんかとは無縁の長閑な田舎町だ。

のんきな雰囲気で強盗なんて似合わないにも程があるし、犯人も経済的な困窮（こんきゅう）からしかたなく犯行に走ったのかもしれない。

——そうは言っても、店員の恐怖は相当なものだろう。

男性は真っ青の顔でレジを開け、お金をそこに詰め始める。

「……う、裏にも金はあるだろ！　レジが終わったら次はそっちだ！」

「は、はい……！」

——それを見ながら、俺は祈るような心地で考えていた。

うん、そうだ、抵抗せずにそのまま金はすべて渡してしまえばいい……。

こんなに杜撰（ずさん）な犯行なんだ、どうせすぐ犯人は捕まる。

だったらここは、誰もケガをしないことが最優先だ。ひとまず犯人の言うとおりにしてしまえばいい——。

そしてその間——俺達はここに隠れていよう。

レジ辺りからは、商品棚の陰になってこちらの様子は見えないはず。

犯行前に店内確認もしていないだろうし、このままやり過ごせば俺も日和も無傷でいられるはず——。

——ただ、そこまで考えて。

俺は自然と、最悪の事態も脳内でシミュレーションしてしまう。

万が一……犯人がこちらにきたら。俺達に危害を加えようとしてきたら……、

「っ！」

背中にじっとりと汗が滲むのを感じた。

もしそうなったら……俺が日和を助けないと。

俺は日和の彼氏になったんだ。あいつは抜けたところがあるし、自分で自分の身を守れるかも怪しい。なら――身を呈してでも、俺が彼女を守らなくちゃいけない。

こみ上げる緊張感に、俺は手に持った通学鞄を強く握った。

――そのとき。

「……⁉」

ふいに――それまで棚の前にいた日和が、レジに向かって歩き出した。

いつもどおりのどこかふわふわした、浮き世離れしているようにも見える足取りで。

「お、おい！　なにしてんだよ……！」

小声でその背中に呼びかけた。

「危ないよ！　ここでじっとしてろって！」

なにしたいんだ日和⁉　もしかして、強盗が起きているのに気付いてない⁉

そのままぼんやり買い物を続けようとしてるのか……⁉

しかし、日和はこちらを振り返り、

「……大丈夫」

そう言って、いつもの優しげな笑みを俺に向ける。

「『お願い』で、なんとかできると思うから……」

――お願い。

その言葉に――一瞬遅れて理解が追いつく。

……そうか。彼女の能力を使えば。コンビニ強盗に「やめて」と『お願い』すれば、この状況をなんとかできるかもしれないということか。

「頃橋くんはここで待ってて」

あいかわらずの柔らかい声で、そう続ける日和。

……けど、本当に大丈夫なのか？

こんな状況で、本当に『お願い』を相手にかけることができるのか？

失敗すれば……大変なことになるんじゃ……。

底知れない不安が湧き出すけれど――俺は動けない。

金属製のワイヤーでがんじがらめにでもされたように、そこから一歩も踏み出すことができない。

そして――、

「……あの」

——犯人の背後で、日和が声をあげた。

「今すぐ、凶器を捨てて——」

「——なんだお前は！」

犯人の声が、日和のお願いを掻き消した。

「——お願いです、そんなことやめ——」

「——う、うるせえ！　お前に何がわかるんだよ……！　黙ってろ!!」

店員を向いていた包丁の切っ先が——日和を向いた。

その先端が、ブルブルと震えている。

「——刃物を下ろし——」

「黙れ！」

そう叫ぶと、犯人は乱雑に日和に歩み寄り、

「——も、もういい……お前が人質だ……！」

日和の身体を強引にホールド。持っていた包丁を、彼女の顔に突きつけた——。

頭にじんと痺れが走った。

まずい——日和が捕まった。その顔のすぐそばに包丁の切っ先が——。

「おい店員早くしろよ！　あ、あんまり遅いと……こいつがケガするぞ！」

「はっ……はい！」

――なんとかしなきゃ。日和を助けなきゃ。

かろうじて回る脳が、身体全体にそんな指令を強烈に投げかける。

けれど――、

「……っ！」

――やっぱり俺は動けない。恐怖と混乱で指一本動かすことができない。

なんでだ。なんでこんな大切なときに、俺はなにもできないんだ。

「ちくしょう……遅えな！」

イライラとそう叫ぶと――犯人はひったくるようにしてレジの金が入った袋を手に取る。

そして、足取り荒く店の出口に向かいながら、

「に、逃げるぞ！　お前も来い……！」

――しまった、逃げられる。

外に車でも用意しているのかもしれない。

そのまま日和を人質に逃げられたら、どうなるかわからない――。

「日和！」

もう、これ以上隠れているわけにはいかない。

なにができるかわからないけど、とにかく日和を――、

「――来るなぁ!!」

犯人が、叫びながら刃先をこちらに向けた。

「そ……それ以上近づいたら！　こいつ殺すぞ!!」

俺は再び凍り付く。

ダメだ……行けない。俺は、これ以上追いかけられない――。

二人が店の自動ドアを出て外に出る。入り口近くに置かれた古い軽自動車にジタバタと近づく。

けれど――車のキーを探そうとしたのか。ポケットをまさぐろうとした犯人が刃物を取り落とした。

「……クソッ！」

慌ててかがみ、それを拾う犯人。

そして、その瞬間――。

「――聞いて」

日和の静かな声が、もう一度響いた。

「刃物を捨ててください――」

見れば、日和はあくまで落ち着いた表情で。

動揺さえほとんど見られない穏やかな顔で、犯人に呼びかけていた。

言えた。

最後まで、お願いを伝えることができた――。

そして、ほんの短い間を置いて、

「あ、ああ……」

犯人は拾ったばかりの刃物を捨て、ぼんやりと立ち尽くした。

さらに、

「——こんなこと、やめましょう。わたしを解放してください。それから、警察を呼ぶので、大人しく連行されてください」

「……うん、わかった」

犯人が、日和に回していた腕の力を弱める。

二人の身体が離れ、犯人は自分に言い聞かせるように言葉をこぼす。

「そう……だよな。強盗なんて、ダメだよな……」

あれだけ興奮していたのに。

もはや我を忘れた様子ですらあった犯人が、冷静になった。

『お願い』が、効力を発揮したんだ——。

短い間を置いて、俺は実感する。

もう——大丈夫だ。

日和は、助かった——。

「……ひ、日和！」

――喉から声がこぼれ出た。

凍り付いていた関節が動き出し、俺はおずおずと日和の方へ走り出す。

気付けばいつの間にか日は落ちかけ、空は群青と橙の複雑なマーブル模様になっていた。

光の点り始めた向島と、それを反射してちらちらと光る瀬戸内海の波。

そんな景色を背景にして――日和は俺に、柔らかい笑みを浮かべた。

――一刻も早く彼女に触れたかった。

その手を取って、存在を確認したかった。

こみ上げるうれしさに、恥ずかしいほどの笑顔になってしまう。

でも、今はこれを隠さないでいたいと思う。

日和はきっと怖い思いをしただろう。拘束されている間、不安でしかたなかっただろう。

だから俺は、これまでで一番の笑顔で、日和を迎えに行きたいと思う。

ほんの少しでも、彼女を安心させたいと――、

――バチュン。

――水っぽい音がした。

――視界で鮮やかな赤がはじけた。

次いで、ドサッという重い音。

立ち止まり視線をやると——犯人が倒れている。

「……えっ？」

——爆（は）ぜていた。

今まで犯人の頭があった場所、首から先が、崩れた果物のように白、赤、ピンク、黄色に爆ぜていた。

そこからどくどくと流れ出している、鮮やかな赤色の液体——。

——その隣で日和は。

俺の彼女は眉を寄せると、憐（あわ）れむように犯人を見下ろし——つぶやいた。

「……間に合ったのに」

……わけが、わからない。

なにが、起きている？

いつもどおりの景色、目の前の彼女、風には磯（いそ）の香りがして街は普段どおりに回っている。

なのに——これは一体、なんなんだ？

現実味が皆無（かいむ）だった。

どこか映画を見ているような——ゲームの画面の中を眺めているような感覚。

犯人のグロテスクな有様にすら、おそらくすでに命を落としたその身体にすら、なんの感慨も覚えられない。

そしてさらに、不可解なことが起きる。

——周囲に集まり始めるエンジン音。

顔をあげると——いつの間にか駐車場の周囲を黒い車に囲まれている。

同じ車種、同じ型のワゴン車達。

そしてそこから黒子のような、機動隊のような出で立ちの人々が降りてきて、手際よく周囲に散らばる。

ある者は犯人の亡骸に駆け寄り、その身体を速やかにワゴン車に運び込む。

ある者はようやく集まり始めた近所の人々に声をかけ始める。

さらに——その中の一人、唯一スーツを着た気弱そうな初老の男性が日和のそばに立った。

「……なんで撃つの」

日和が、かすれた声でその男に尋ねる。

「お願い、間に合ったのに。殺すことなかったのに……」

これまで何度も話をしたことがあるような、けれどどこかビジネスライクなフラットな口調——。気付けば彼女の頬には——犯人の血だか脳漿だか脳そのものだかわからないピンクの何かが、小さくへばりついている。

「……念のため、です」

初老の男性は、歯切れ悪くそう答えた。

「あなたはもう少し、ご自身の価値を正しく理解してください……」

その言葉に黙り込む日和。それを同意と受け取ったのか、男性はうやうやしくハンカチで日和の頬を拭き取ると、もう一度口を開き、

「また、『お願い』をいくつかしてもらいます。県警と、病院と……目撃者へも、ですね。もみ消しと、記憶の削除になると思いますが……」

「……うん、わかった」

ため息交じりにうなずく日和。

けれど――彼女はこちらを一度見ると、

「……彼氏だけは、忘れさせなくてもいい？」

「いいもなにも、あなたに『お願い』されたらわたしは断れません」

「……そう」

それだけ言うと――どこか悲しげにほほえみ、日和はこちらへ歩いてくる。

そして、俺の目の前に立つと、

「……ごめん、びっくりさせたよね。いきなりこんなことになって……」

――あの日、告白されたときと同じような台詞だった。

けれど——予想どおりだったあのときと違って、今俺は目の前で起きていることが全く理解できない。

「な、なんだよこれ。なにが起きてるんだよ……」

そんな俺に、困ったような笑みを見せると、

「……あのね、はじめのうちは、本当に小さなお願いばかりしてたんだ」

彼女は言い訳でもするように説明する。

「周りの人にちょっとわがまま言ったり、失敗を許してもらったり……そういうことばっかりだった。でもね、そんなときにテレビで悲しいニュースを見て、なにかできないかなって思ったの。今思えば、それがきっかけ」

——気付けば日和の服には、血のしぶきが所々に飛んでいる。

意図的なデザインのような、デニムに散らされたペンキのような赤い汚れ。

「それからは、あっという間だった。お願いする相手が、周りの人から犯罪者になって、犯罪者から政治家になって、日本人だけじゃなくて外国の人にもお願いするようになって……。規模が大きくなるにつれて、助けてくれる人も増えていった。組織もどんどん大きくなって、外務省とか安保理（あんぽり）とか他のNGOとかからも依頼を受けるようになった——」

「——ちょ、ま、待ってくれよ！」

思わず、俺は彼女の言葉を一度押しとどめる。

偶然にも——告白に答えたあの日、マネをしたタレントのような台詞で。

「なんの話だよ？　全然……わけがわかんないよ。安保理？　組織？　日和は、なんの……話を、してるんだよ……」

「……そうだよね、ごめん」

そして——日和は言葉を選ぶように小さくうつむいてから、

「……〈天命評議会〉って知ってる？　最近、独裁国家の民主化に関わったりしてる組織なんだけど……」

「そりゃ、知ってるけど……」

その名は、何度もニュースで見かけてきた。

自分との考えの違いを感じつつも、その実力を認めざるを得なかった……心のどこかで、憧れと敬意を抑えきれなかった組織——。

そして——日和は。

俺の彼女は、困ったように笑って俺に言う——。

「——ここにいるのが、〈天命評議会〉のメンバーで……」

「わたしが……その創始者で、リーダーです」

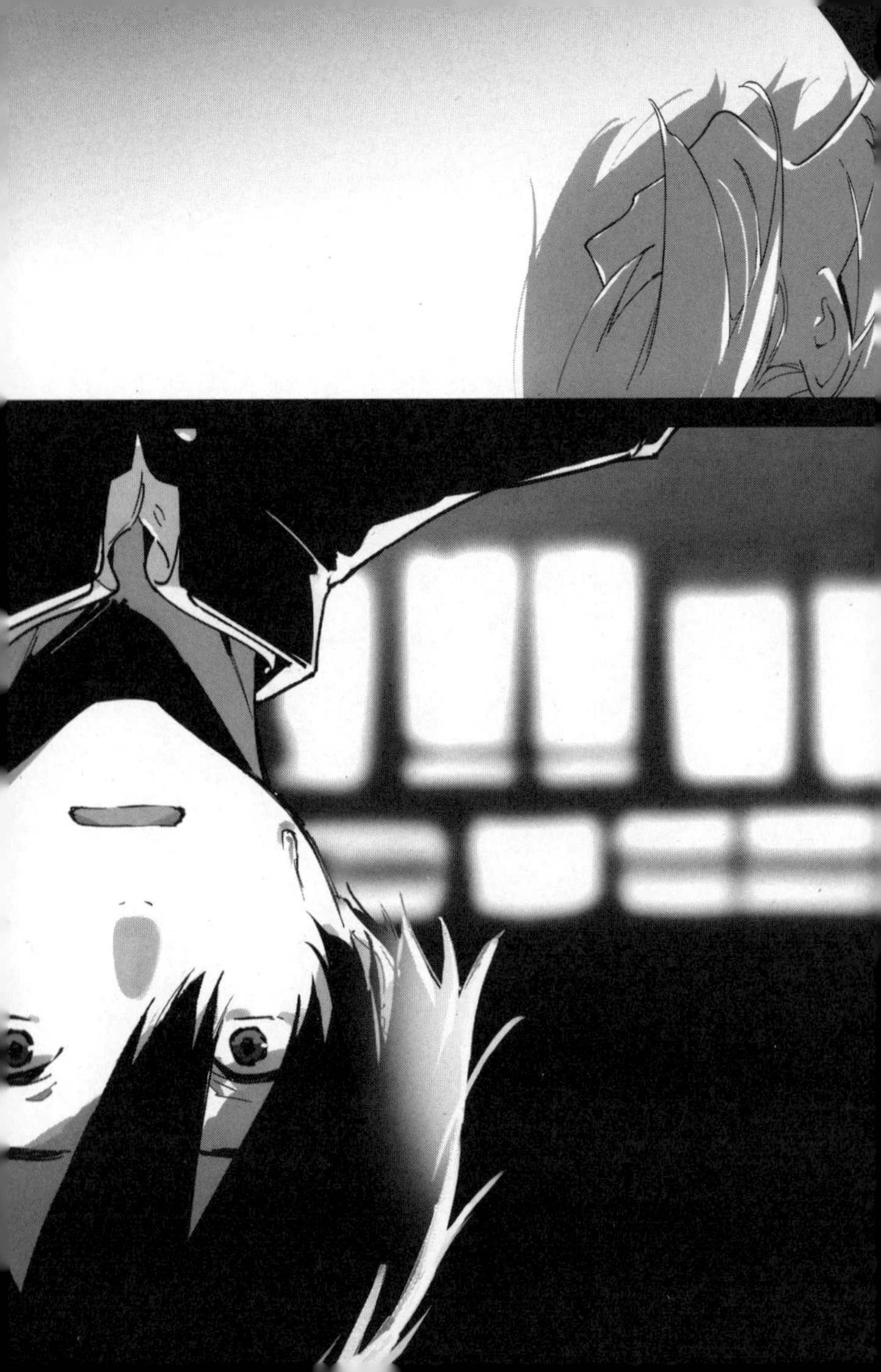

「……内緒だよ？」

日和ちゃんのお願いは絶対
When She Wish upon a Planet
Misaki Saginomiya presents
Illustration Inco Horiizumi
Design arcoinc
Editor Takao Kiyose / Ryota Osawa (from Dengekibunko)

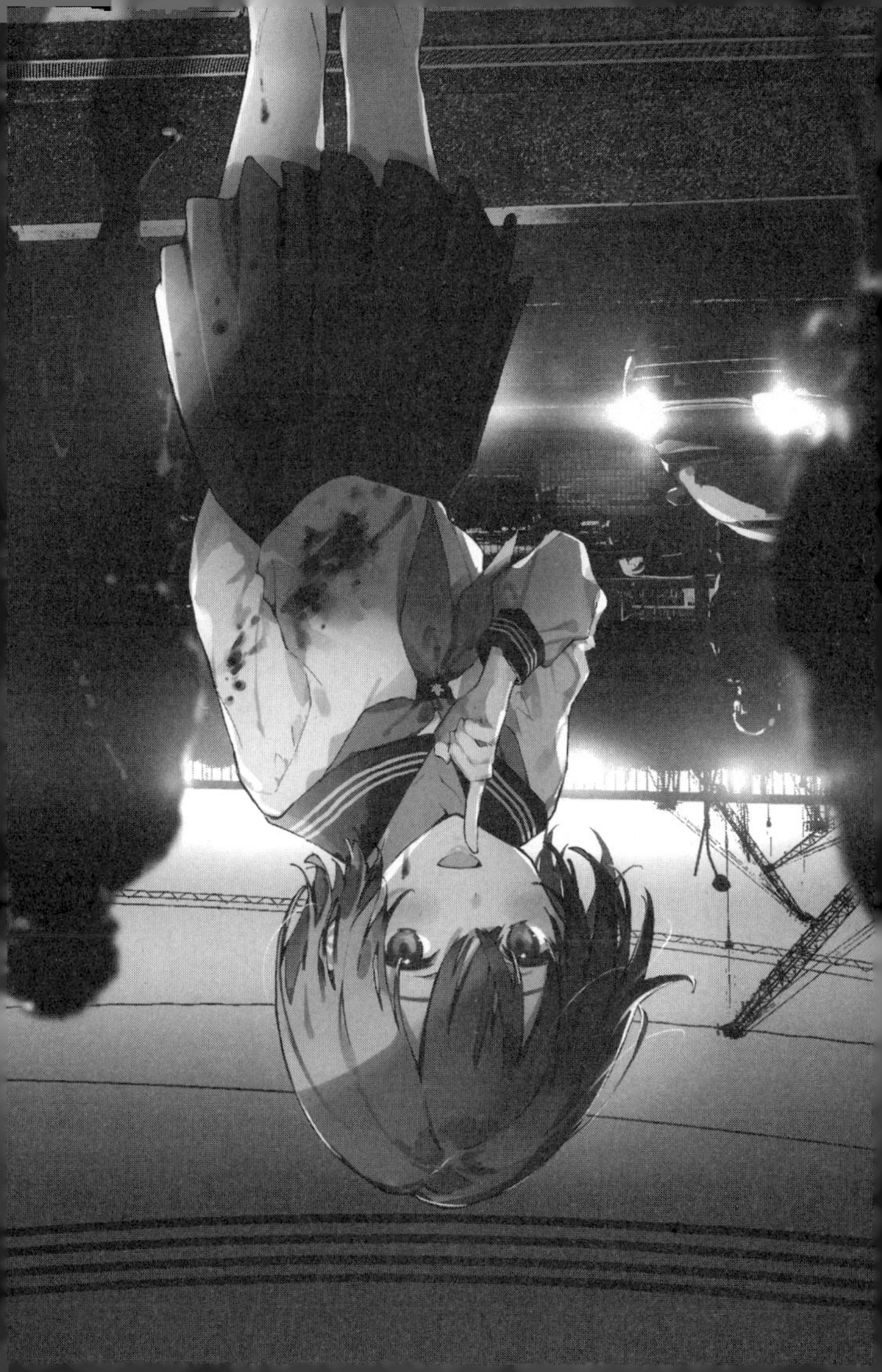

# 第2話　しゅうまつの恋人

――いつものとおりに一日が始まる。

いつものとおり坂道を上って学校へ通い、いつものとおりに日和と顔を合わせる。

「――おはよう深春くん！　今日も遅刻ギリギリだった――……」

「――ねえねえ、バズってたこの動画見た？」

古びた教室で授業を受け、一緒に弁当を食べ、放課後になれば海沿いのベンチに移動。

「――でね、お姉の彼氏、結婚願望が強いらしくて」

「――だから、お父さんもう気絶しそうになってて……」

緩い表情の日和と雑談して、日が沈みかけたところで――いつものとおり日和をフェリー乗り場まで送る。

「――それじゃあ深春くん、また明日！」

「おう、また明日……」

どこかぼんやりしながら、俺は船に乗り込む彼女に手を振った。

夕日が瀬戸内海の波間に反射して、橙色(だいだいいろ)にきらめいている。

その光を背中に受けてほほえむ日和は、なんだか古い映画の女優みたいに見えた。

「……のう日和ちゃん」

そんな彼女に、料金徴収係のおじさんが声をかける。

「最近、あの男の子とよう一緒におるけど……もしかして彼氏なんか？」

「えっ！　……う、うん。実は……先週から付き合い出して……」

「ほお、ついに日和ちゃん彼氏ができたんか！　いやあおっちゃんも老けるわけじゃのう。

……ほうほう、なかなかイケメンじゃの！」

「でしょでしょー？　で、でも内緒にしてね！　おっちゃんだから、特別に話したんだよ！」

「おう、そんなん誰も言わん言わん！」

……お互いに、ずいぶんと親しげな口調だった。

毎日のように往復で乗っていれば当然知り合いにもなるのだろう。

もしかしたら、日和の成長を幼い頃から見守ってきたのかもしれない。

と、おじさんは遠ざかるフェリーの上からこちらに手を振り、

「おう、彼氏ー！　日和ちゃん、ええ子じゃけえ大事にせぇやー！」

あまりに素朴なその大声に、俺は一瞬迷ってから、

「……頑張ります！」

と叫び返しておいた。

……そう、俺は頑張りたいと思っているんだ。

日和の裏の一面を知ったあの日から。

〈天命評議会〉のリーダーであると知ったあの日から——日和の彼氏として、一人の人間として、精一杯頑張りたいと思っている。

だけど――。

＊

「――彼女ができた」

その日の夕食のあと。

いつもどおり卜部とゲームに勤しみながら――俺は初めて彼女にそのことを報告した。

「ちなみに相手は、うちのクラスの葉群日和です……」

付き合い始めて、ちょうど十日目で――他人にこのことを明かすのは、初めてだった。

なんとなく恥ずかしくて、クラスメイト達には明かさずにおこうと二人で決めたのだけど、
これまで卜部と一緒だった登下校が、今は下校のみ日和と、に変わっている。

そのことを説明をする必要があったし、卜部には教えてもいいかな、という気がした。

けれど、

「へー、おめでと」

卜部のリアクションは、あまりにも淡泊なその一言だけだった。

それどころか、

「あー、深春早く！　早くトルネード！　今なら全員倒せる！」

卜部はゲームに夢中で、ちゃんと俺の話を聞いてくれたのかもよくわからない。

「お、おう……」

「そうそう、もうちょい右で……よし今！」

「……ん」

「おー、きれいにいった、三人やったね！」

「だな……ていうか、もっとなんかリアクションないのかよ？」

肩すかしにあったような気分で、俺は卜部に尋ねる。

「え？　ナイススリーキルー！　もしかして深春、ビリーザキッドの生まれ変わりじゃない⁉」

「いやそっちじゃなく……日和の件。幼なじみの初カノなんだから……なんか祝いの言葉とか、質問とかあってもいいんじゃねーの？」

「ああ、そっち……」

と、卜部は興味なさそうに息をついてから、

「……よかったじゃん。葉群さん良い子だし。深春も隅に置けないね」

「えらく棒読みだな！」

「注文が多い。一応マジでよかったと思ってんだけど。まあ、わたしはゲーム相手がいなくなるとちょっと困るけど」

「あー、それは大丈夫。こっちはこっちで、これまでどおりにできればと思ってる」

「ふーん……。というか、初カノはどんな感じよ？　楽しい？」

——その問いに。

卜部の「一応聞いとくか」みたいな感じの問いに、

「それが問題なんだ……」

ぐはあと息を吐きつつ俺は答える。

「どうしたよ、速攻ケンカしたとか？」

「いや……楽しいんだよ」

「は？」

「普通に、めちゃくちゃ楽しいんだよ……」

——そう、楽しいのだ。

あんなことがあったのに。

目の前で強盗が頭を撃ち抜かれて。

組織の人間に周囲を囲まれて。

彼女がその能力で世界を左右していると教えられたのに——俺と日和は、普通に彼氏彼女として、楽しい毎日を過ごしてしまっているのだ。

正直に言おう——俺はかなり身構えていた。

これで俺の人生は一変するのだと。

日和から重大な政治局面についての相談を受けたり、世界中を飛び回るのに同行したり、いつか組織の重要人物になってしまったり――そういうことが、あるのかもしれないと。

――全くなかった。

そんなことは、全くなかった。

あの日以来、特にその話題が出ることもないし、〈天命評議会〉のことだってほとんど会話に出てこない。

なにかあるなら話してくれてもいいのに、向こうは意識的にか無意識的にか当たり障りのない話しかしてくれなくて、こちらも踏み込むことができない。

ただ一緒に下校して、時々ラインで会話して、休みの日にちょこっと遊びに行くくらいの毎日。

日和が普通の女の子と違うところといえば、夜中にはあまりラインの返事が来ないのと、日曜は忙しいことが多い、というくらいのものだ。それこそ、熱心にバイトをしている女子高生なんかと、ほとんど変わらないんじゃないかと思う。

それが――妙に不安で、煮え切らない気分だった。

俺は、自分の彼女の大切な側面を、知ることができていない――。

けれど、

「……楽しいんならひとまず十分でしょ。贅沢(ぜいたく)なやつだな」

「まあ、そうなんだけどさ……」

「はー、独り身同士仲間だと思ってたのに。彼女持ちになった途端そんなにブルジョワアピールされるとは思わなかったわ」

「そういうつもりじゃねえんだけど」

……というか、お前こそめちゃくちゃ男子にモテてるんじゃねえの？

内心そんなことを考える俺に、敵を遠距離攻撃で倒しながら卜部は続ける。

「ていうかさ、そんな様子ならもう色々した？」

「……色々って？」

「なんか、エロいこと」

「してねえよ！」

大声を出してしまった。

三畳間を突き抜けて台所の母親にまで届きそうな大声を出してしまった。

同時に、画面の中の俺のキャラが操作ミスで海に落ちて死ぬ。

「お前……まだ付き合ってそんな経ってないのに、エロいこととか……」

「でも、わたしらもう高校生だよ？　あわよくば即日でしょ。付き合ったその日にワンチャンアレでしょ」

「いや、いくら高校生でもさすがにそれは早すぎだろ……」

リスポーンしたキャラをもう一度戦場に走らせつつ、俺はしどろもどろで答える。

確かに、この年齢になれば色々夢物語じゃないのかもしれない。

クラスの目立つ系の男子がついに彼女と……みたいな話をしていたのを聞いたことがあるし、まあなんというか……現実問題ではあるんだろう、とは思う。

というか、

「……え、もしかして卜部なんか、そんな感じなの？」

ふいに、そんな疑問が頭をもたげる。

「なんか、その辺の男子と……ワンチャンとかそういう感じなのかよ？」

考えてみればこいつとはそういう恋バナをしたことがほとんどない。

とはいえまあ美人なのは間違いないしカースト上位だし、いつの間にか俺に知らないうちに、派手な男子連中とそういうただれた生活をしてたのか……？

けれど、素で不安になる俺に、

「……うわあ、セクハラなんじゃけど」

と卜部は苦々しい顔をする。

「いや、お前も結構突っ込んだこと聞いてきてるじゃねえか……」

「わたしはいいんだよ。別にそういうの全然ないピュアガールなんだから。で、マジでなんにもなの？　胸触ったりとか、裸見たりとか」

「……ねえよ。つうか自称ピュアガールがそんな質問するなよ」

「ぎゅってしたり、キスしたりは？」

「……それもない。というかなんかそういうの、ゆっくり大切にしていきたいんだよ。勢いでどうこうじゃなくて……」

「でもあの子、めちゃくちゃエロい身体してるよ」

言って、卜部は短くこちらを見る。

「胸あるし、やらかそうだし。体育の前とか着替えてるとき、たまに目に入ってビビる」

……そのことには気付いていた。

日和は全体的に体格に恵まれている。

身長だって女子にしてはある方だし、低身長な（そしてそれがコンプレックスな）俺とちょうど同じくらいだ。

胸が大きめなのも肌がきれいなのももちろん気付いていたし——そこに触れてみたいと思ったことだって、一度や二度じゃない。

「深春だって、したくないわけじゃないでしょ？」

「……まあ、そりゃそうだけど」

「わたしがあの子の彼氏だったら、毎日ヤリまくるけどね。家連れ込んで」

「だからお前さあ！」

明け透けな言い方にどぎまぎしてしまうけれど……本心を言えば、俺だってそうしたいくらいだった。夜な夜な彼女のことを思っては悶々としてしまうし、一緒にいるだけでその身体に視線が引きつけられてしまうこともあった。

それでも、

「そういうのでがっつくのも違うだろ。身体目当てとかだと思われたくないし」

「身体目当てはやだけど、身体に興味持たれないのも嫌でしょ」

「……そんなもんなの？」

「だと思うけど。ていうか、そういう気持ちがあるなら相談してみなよ、本人に」

「なんて？」

「エロいことしたいけど、そちらはどうですかって」

「言えるわけねえだろそんなこと！」

なんか率直すぎて逆に変態っぽいよ！

そういうのはもうちょっとこう……ムードとか流れとか重視でさあ！

けれど、卜部はあくまで真面目な声のままで、

「でも、したかったら素直に話すのはありでしょ」

「そうかあ？　引かないか？　そういうの……」

「いや、向こうも悪い気分じゃないんじゃない？　好きな人にそう言われたら」

「……そんなもんなのか」

「まあ人によるだろうけど」

「やっぱりそうじゃねえか！」

「そういうの苦手な子だったら、即別れて噂流しまくるだろうけど」

「ほらー！」

だから俺のやり方が正解なんだって！

ちょっとずつ距離を縮めて、空気読みながらいくのが！

そんな噂流されたらもう再起不能だよ！　高校の間中女子陣から白い目で見られることになる……。

「お、勝った」

「……ほんとだ」

卜部の声に視線を画面に戻すと……ジャッジのキャラの鳥くんが、こちらチームの陣地に勝利の旗を掲げているところだった。

「やっぱりあのトルネードが効いたね」

「あのタイミングでスリーキルはデカかったな」

言い合いながら、戦績を確認して次のゲームのセッティングをする。

時刻は午後九時前。今夜もまだもう少し、あと何試合かはできるはずだ。

「……まあでも」

と、ぽつりとつぶやくように、卜部は言う。

「気持ちはちゃんと、伝えた方がいいよ。後悔しないためにもね」

「……おう」

うなずいて、俺は次のゲームスタートのボタンを押す。

「アドバイス、ありがとな」

「今度アイス奢(おご)って」

「おけ」

そして俺達は、始まった次の戦いに向かった。

*

「——えへへ、こんにちは深春くん」

五分の船旅を終えフェリーから下りると、待っていた日和がくすぐったそうに俺を出迎えてくれる。

「……お、おう」

なんだか妙に照れくさくて、俺は何気ないふりで鼻の頭を掻いた。

今日の日和は白いカットソーに、膝上丈のパンツ、足下はスニーカーという出で立ち。

その姿は十月の昼の光を反射して——印象派の絵画みたいだった。

そして彼女はどこか誇らしげな笑みを浮かべると——、

「ようこそ向島へ！　今日は、わたしの地元のこの島を案内しちゃうよ！」

——向島に行ってみたい。

そう言い出したのは、俺の方からだった。

彼氏彼女になったけれど、お互いの距離は縮まっていない。それどころか、先日の一件を経て俺の中にはただただ不安が募っている……。

そんな状況をなんとかしたくて、提案したのが向島観光だった。

考えてみれば俺は両手で数えられるほどしかこの向島に来たことがない。普通に生活していれば用事もないし、こっちに住んでいる友達もいなかった。

だから——日和の地元であるこの街に遊びに来れば。彼女が過ごしてきた光景を見ることができれば、少しは彼女のことを理解できるような気がした。

それに、なんとなく見てみたかったのだ。地元でリラックスしている日和の姿を。

フェリーのおじさんとのやりとりを見て、なんか、ああいうのいいな、と思ったのだ。

「今日はね、わたしの家の近くと通ってた学校、それから向島で人気の観光スポットを案内……っていう感じで行こうと思ってます！」

「うん、よろしくな」

うなずきあうと、俺達は並んで歩き出す。

考えてみれば……デートらしいデートは、付き合って以来初めてかもしれない。

ちらりと隣の日和に目をやって――半端丈(はんぱ)の袖から伸びた腕にドキリとした。

フェリー乗り場から少し歩くと、穏やかな住宅街、といった感じの路地に出た。

平坦(へいたん)な道の周りに並んだ、背の低い古びた家々――。

坂道にへばりつく住宅ばかり見てきた俺としては、こうして平地に家が並んでいるところを見るのはテレビの中か旅行先くらいのものだ。

これだけで、ちょっと異郷に来たような不思議な気分になる。

「……深春くんは、あんまり向島来たことないんだよね？」

「ああ、そうだな。友達もみんな土堂の辺り住んでたし、意外と来る用事がなくてな……」

「だよねえ。向島の人はそっちに行くことよくあるけど、本土側の人はこっちに来る機会ないもんねえ」

「中学までは、学区もきれいに別れてるしな」

「うんうん。ていうか、実はわたしも行ったことのない観光スポットいっぱいあるの。今日は、そういうところもめぐってみようと思ってるから……うふふ、楽しみだなあ……」

と、日和は視線を前に戻すと、

「あ……そこがわたしの通ってた中学で、そこがわたしの家です……」

目の前の学校と、続いて道端の小さな家を指差した。

まあ——ごく普通の光景だった。

ごく普通の公立中学校に、並んでいる他の家々と変わらない古びた二階建て住宅。

なにも聞かされなければ記憶に残ることも、目に入ることさえなかっただろう景色——。

けれど、そこに日和が通っていたと考えると、その家で日和が暮らしていると考えると、そのすべてが特別なものであるように感じられた。

「ごめんね……本当は、家の中も案内したいんだけど……」

視線を落とし、日和は残念そうに言う。

「今日、日曜で家族全員いるから……見つかると、大ごとになっちゃう……」

「ああ、それはいいんだよ、最初からそのつもりだったし」

——言いながら、ちょっと思う。

俺も、この街に生まれていればよかったのに。

例えば彼女の家の隣に生まれて、小さい頃から一緒に過ごすことができていればよかったのに——と。

まあ、もしも本当にそうだったら、日和とこんな関係にならなかったかもしれないけれど

―。

「――ここ！　この工場でラムネ作ってるの！」

次に連れて行かれたのは――向島のさらに奥。

ごく普通の住宅街の中に建っている、どこにでもありそうな小さな工場の前だった。

「小学校のときから、わたしここのラムネが大好きでね……うふふ、おいしいのに、世界でここでしか飲めないんだよ！」

自慢げな日和に連れられて、工場内に入る。

中にいた奥さんからラムネを買い、さっそく外で一口飲んでみた。

「――おお、おいしいな、すっきりしてて」

「でしょー？　走り回ったあとなんかもごくごく飲めて、大好きなんだー」

なるほど、確かに運動のあとにもよさそうだ。

それになんだろう……幼い頃の日和がこれを飲んでいたところを想像すると、ほほえましくておいしさが二、三段階あがったようにも感じる。

「うふふ、よかったー深春くんにも気に入ってもらえて……」

幸せそうにラムネを口にしている日和。

その表情を見るだけで、今日こうして向島に来た甲斐があったかもなんて、そんなことを思ってしまった。

と、そこで日和は思い出したような顔になり、

「……そうだ。ちょっと、お付き合いするにあたって、色々決めておきたいことがあるんだけど」

「決めておきたいこと？」

「うん。例えばそれこそ、お互いなんて呼ぶか……とか、付き合ってることを誰にまで話すかとか。そういう二人だけの約束をしておきたいなって。……なんか、彼氏彼女って、そういうのするイメージだし」

言いながら、日和は幸せそうに表情を緩めている。

約束……まあ確かに、色々話は合わせておいた方がいいかもしれない。

何より、日和が楽しそうだしそれに付き合いたいと思った。

「わかった、で、例えばどういうことを決めたい？」

「えっと、じゃあまずは登下校のこと！　今、深春くん毎日わたしと下校してくれてるけど……それは大丈夫？　前は、その……卜部さんと帰ってたよね？」

「ああ、それは大丈夫だよ」

なんだか不安げな日和に、俺ははっきりとうなずいてみせた。

同じクラスの女子同士だし、あいつは派手グループにいるし、気を遣うところがあるのかも

しれない。

「別にただの幼なじみで、惰性（だせい）で一緒に帰ってただけだから。むしろ、登校も一緒にできなくてごめん。あいつ、俺が迎えに行かないとすぐ遅刻するんだ」

「え！　いいよいよそんなー！　登下校両方なんて贅沢すぎるよー！」

とんでもない！　みたいな顔で日和は首をブンブン振ってみせる。

「深春くんは一人しかいないんだもん！　ちゃんと色んな人に分配していかないと……」

「そんな、俺を貴重な資源みたいな言い方するなよ」

真剣な顔をしている日和に、思わず俺は笑ってしまった。

別に卜部は、俺の存在をありがたがったりはしてないしな。多分ゲームのCOMプレイヤーか、NPCくらいにしにか思ってないんじゃねえかな。

日和はくるりと表情を入れ替えると、

「あと、前も話したけどわたしどうしてもライン返せないときがあるのね。『仕事』で出かけてるときとか」

——その言葉に、心臓が跳ねる。

出た、〈天命評議会〉の話だ。

付き合って以来、ほとんど出ることのなかったその話題……。

この流れで、話をそっちに持っていけないかと思うけれど、

「あとさー、リビングにいるときもラインやりにくくって……」

ラムネを飲み干し、日和は工場の壁に背をあずけると、不満げに愚痴をこぼし始める。

「お父さんさー、ほんと昭和の人なんだよ。すんごく過保護だし、スマホとかいまいち好きになれないみたいで、いじってると不機嫌になって……。だからごめんね、あーお父さんさえもうちょっと普通なら、家族にも深春くん紹介できるんだけどなー。あ、でね、一度『お願い』でそんなに過保護なのはやめてってお願いしようと思ったんだけど――」

よっぽど鬱憤が溜まっていたのか、あるいは地元でちょっと油断しているのか、日和はエンドレスでしゃべり続ける。

「でもさー、多分お父さんが過保護になったの、わたしが心配だったからだと思うのね……。ぼんやりしてるし、ちっちゃいときはよくケガして小学校のときは骨折もしたし。だから、さすがにそれは身勝手かなってやめておいたんだー」

言いながら――日和は手に持っていたラムネのビンを、傍らの回収箱の中に置く。

何気なく、それを眺めていた俺は、

「……っ！」

かがんだ彼女、そのカットソーの胸元から思いっきり谷間と、ピンクの下着が見えているのに気付いて慌てて目を逸らした。

……卜部の言うとおり、本当に大きかった。

大きくて、白くて柔らかそうで……ダメだ、完全に目に焼き付いてしまった。

なんだかすごい罪悪感が……。日和が全く気付いてない分、一層悪いことしてる気分……。

ここまで無防備だったら、そりゃ、お父さんも過保護になるわ……。

……って、そんなことを考えている場合じゃない！　〈天命評議会〉の話だ。

お父さんの話題で流れかけたけど、ここから持ち直さないと……！

「……その、こっちからも確認いいかな？」

「うん！　なに？」

「その……『お願い』のことなんだけど……」

組織名を出すのも直截（ちょくせつ）すぎる気がして、俺は話を微妙にぼやかす。

「もしも『お願い』の内容で困ることがあったら、遠慮なく俺に相談してくれていいんだからな？　別にその、ちょっとくらいわがまま言っても怒らないし……できることなら、俺も力になりたいから……」

言いながら――ドキドキしていた。

どうなるだろう。受け入れられるだろうか？　それとも、さらっと断られるだろうか……。

日和の回答によっては、俺の人生は今日を機に大きく変わる。

世界を股にかけて活動することになるのかもしれないし、重要な判断を迫られることになるかもしれない――。

『あんなこと』を目の当たりした直後ではある。

人が死ぬところを目の前で見て、そのショックは確かに今も消えない。

けれど——どうしても俺は小さく期待してしまって。内心手に汗握りながら、けれど表面はあくまでさりげない風を装っていた。

そして、

「——えー!!　いいのー!?」

——日和のリアクションは、予想外のハイテンションだった。

「相談乗ってもらえるなら、すごく助かるよー！」

「……も、もちろんだよ」

その感じの意図が掴めなくて、俺はちょっとしどろもどろになってしまう。

「結構その、役に立てる場面もあると思うし……」

「だよねだよね！　深春くんにビシっと言ってもらえれば、わたしもこれから迷わなくてすむよー」

あれ……それくらいの感じだったのか？

もしかして、別に日和も意図的にその話を出してないとか、そういうわけじゃなかったのか……？

いやでも、この感じは多分そうじゃなくて……、

「……昨日もさ」

と、日和は恥じ入るように視線を落とし。

「夕飯焼き肉が食べたいってお願いしたんだけど、冷静に考えたらここのところお肉ばっかり食べてるのに気付いてね……」

「……は？　お肉？」

「うん、あの……わたしお肉好きで。一昨日は唐揚げで、その前はとんかつにしてほしいってお願いしてて……正直……体重……やばいの……」

お腹にちらりと視線をやり、日和はがくりを肩を落とす。

「だからこんなとき、深春くんに意見聞ければ、もうちょっとローカロリーなの提案してもらえたよなって思って……」

「……はぁ」

……お肉。体重……。

まあ、日和にとってはそれはそれで切実な問題なんだろう。

相談されればもちろん答えるし、なんならカロリー管理だってしていい。

それでも——俺が望んでいたのはそういうことじゃなくて。

意図的にか無意識的にか、日和が〈天命評議会〉の話をさせてくれないのが、やっぱり心許なくて、

「……ああ、任せておけよ」

うなずきながらも、どうにもすっきりしない気分のままだった。

＊

その後も、俺と日和は向島の思い出スポット、観光スポットを二人で見て回った。

歩きだけじゃ物足りず、レンタルサイクルまで使って島の南部に足を伸ばしたり、日和が前から行きたかったというお店を訪れてみたり――。

山の斜面を自転車で登るのはなかなかにキツかったけれど、二人で息を切らしながら運動するのはそれだけでなかなか楽しい。

気持ちのもやもやを振り払うようにして、俺達は向島を堪能し――そろそろ日が暮れるという頃、最後の目的地であるチョコレート工場と、その併設の喫茶店に到着した。

「――へえ、こんな山の中でチョコ作ってるんだな……」

どこか校舎のような建物を見上げながら、俺は不思議な気分になる。

「どっちかっていうと、学生が宿泊訓練とかに来る山の村みたいな感じだけど……」

「だよね……でも、超人気のお店らしいよ！」

店のそばに自転車を置き、汗を拭いながら日和は言う。

「前から気になってたんだけど、なかなか来る機会がなくて……だからほら、早く行こう！」

うきうきと階段を上る日和に続いて、俺も山の上から見える景色に息を漏らしつつ、店の入り口へ向かった。

喫茶店の席に腰掛け、さっそく買ってきたチョコを一口食べた俺は――日和以上に大きな声を出してしまった。

「う、うまい……！」

「――こ、これは……！」

「おお、すごい……！　豆の味がする！　チョコって聞いたときは、甘ったるいんだろうなって期待してなかったけど……これは、完全に俺好みだ！」

どうやら、この工場で作られるチョコレートはカカオ豆本来の味わいを売りにしているらしい。クリームは使用せず、使うのはカカオ豆と砂糖のみ。だからこそ、野性味溢(あふ)れる豆そのものの味を楽しめる、ということのようだ。

ブラックコーヒー好きとしては、これはたまらない。

苦みと酸味が口に広がって、それをじっくり味わうのも、そのあとオレンジジュースで爽(さわ)やかに流すのも最高だ。

日和はどちらかというと驚きの方が大きかったようで、

「こ、こんなチョコがあるの⁉　へー……大人の味だ！　あ、ジュースの方は普通なんだね！」

なんて目を丸くしてる。

「深春くんも気に入ってくれたならよかった！」

「ああ、ありがとう、めちゃくちゃ好みだよ。いくつか買って帰ろうかな……」

「うんうん、そうしな！」

うなずきあって——俺はなんとなく店の外、広い窓の向こうの景色に目をやる。

眼下の平地にまばらに建っている古びた民家と、その向こうの群青の海。

因島(いんのしま)や弓削島(ゆげしま)は、その青の上にもっさりと生えている山のようにも見えた。

——日和の暮らしてきた島。

——日和の見てきた光景。

そんなものを今日の前にしているはずなのに、なぜだろう……今日一日を経て、俺達の心の距離は決して縮まらなかったような気がする。

むしろ、壁の存在をどこかで感じてしまった分、遠ざかったとさえ言えるのかもしれない……。

そして、短い間を置いて、

「……なにか、したいことある？」

俺の表情に気付いたのか気付いていないのか、日和がそう尋ねてきた。

「したいことって？」

「その、今日これからでもまた別の日にでもいいんだけど……」

日和はなぜか、ちょっと慌てたように目を泳がせ、

「深春くん、わたしと行きたい場所とか、したいこととか、ないかなって……。今日はわたしが地元を案内させてもらったから、今度は深春くんの地元の案内とか……また広島まで遊びに行ってもいいし、なんか、そういうことを……」

歯切れ悪くそう言いながら、もにょもにょとうつむいている日和。

「……したいこと、か」

その言葉を繰り返しつつ、日和の唇がオレンジジュースで艶（つや）めいているのを見て――ふと思い出してしまう。

この間、部屋でゲームをしている途中。卜部に言われた言葉――、

『相談してみなよ、本人に――エロいことしたいけど、そちらはどうですかって』

「……っ！」

ぎくりと鼓動が跳ねる。

ふって湧いたようなふしだらなその発想に、後ろめたさがこみ上げた。

……いや、やっぱダメだわ。

卜部、どう考えたってその台詞はないわ。

この状況でそれ切り出したら、優しい日和と言えどもさすがにどん引きだ……。

いやまあ、したいかしたくないかでいえば完全にしたいけど。今はまだ、そういう話をすべきタイミングじゃないしそういう場面じゃない。

口の中のチョコの苦さを、罪悪感と一緒に流したくてオレンジジュースを一口飲む。

甘みと酸味が思考をクリアにしてくれて……うん、ようやくちょっと、落ち着くことができた。

そして——したいこと。

落ち着いて考えてみれば、あるじゃないか。

うん、俺には今、日和としたいことがひとつある。

卜部だって、背中を押してくれた。『気持ちはちゃんと、伝えた方がいいよ。後悔しないためにもね』と。

だから——勇気を持って、踏み出したいと思う。

今日に引っかかりを残さないために、もう一歩前に進んでみたいと思う。

「——〈天命評議会〉のこと」

そう切り出すと——日和がこちらを向く。

その丸い目が、まっすぐこちらを射貫く。

「色々教えてほしいんだ。今日和がどんなことをしているのか、その活動についてどう考えているのか。それに……もしよければ、相談もしてほしい。迷うことがあったら、俺に話してほしい」

……そこまで言ってから、言葉不足な気もして、

「……俺、日和の彼氏なんだから」

と付け足した。

……ちょっと、卑怯な物言いだっただろうか。

日和が断りにくい、意地悪な言い方をしてしまったかもしれない。

ジュースを一口飲んで、日和は息をつく。

店内のBGMが、女性ボーカルのボサノバからミニマルなテクノに変わる。

そして、

「……ごめんね、言えないことが多いんだ」

困ったような、申し訳なさそうな笑みを浮かべて、日和はそう言う。

「わたしだけのことじゃないし、機密事項に触れることも多いから……。そもそも、わたしが〈天命評議会〉を作ったことはもちろん、所属してることも極秘なんだ……。普段は普通の生

活を送りたくて……」

「……まあ、そうか」

それは――確かにごもっともな話だ。

彼女は誇張ではなく、世界を左右しているはず。

だとしたらその活動に関わる話は、たとえ彼氏相手でも安易には明かせないだろう。

特に、彼女がこれまでどおりの平穏な暮らしを望んでいるならなおさらだ。

「だからごめんね、今はまだ、そのことはわたしがしてるバイト……くらいの感覚で捉えてもらえると助かるかも」

「……そっか、わかった」

「……秘密ばっかりで、本当にごめん」

「いや、いいんだよ」

言って、俺は日和にひらひらと手を振ってみせる。

「簡単に話せないのはわかるから。こっちこそごめん」

――考えてみれば、そうに決まってるのだ。なぜかてっきり、俺までその活動に関われるような気がしていたけれど……俺はただの高校生で、たまたま日和の彼氏になっただけに過ぎない。だとしたら――こんな風に、はっきりと「言えない」と言ってもらえるだけで、本当は十分なはずなんだ。

「……あ！　でも」

と、日和はふいに気付いた顔になると、

「〈天命評議会〉関連でも、深春くんと関係あることなら話せるよ！」

「え、なんか俺に関係あるような話があるの？」

「うん、例えば、あのー……」

言うと、日和は妙に恥ずかしげに唇を尖らせ、

「告白する前に、一応補佐の人にそのこと報告したのね？　あの……言いたくなかったんだけど。さすがに、隠すとまずいかなと思って……」

……ふむ、そういうの、言いにくいものなのか。

まあ、親や兄弟に恋バナをする感じなのかもしれない。

そんなことを考えながらお冷やを口に運んでいると、

「そしたら、組織を挙げて深春くんと、その家族に調査が入ったんだよね」

――噴き出した。

お冷やを全部噴き出した。

「ちょ、調査……!?　天命評議会が!?　な、なんでそんな……」

「どこかの国の工作員が近づいてるんじゃないかとか、思想的な背景があってそうしてるんじゃないかとかが心配だったみたい……。これまでも、何度かそういう人に近づかれそうになっ

たこともあるから。どうもわたし、一時期一部の国の組織の人たちに〈天命評議会〉関係者だってバレかけたみたいで……」

「マ、マジかよ……」

やっぱそういうの、察知されるのか……。

国家間の情報戦略、すげえな。『お願い』なんて、チート能力持った人間を探り当てられそうになったのかよ……。

「……ていうかそれ、大丈夫だったのか？　どっかの国に、正体ばれなかったのか？」

「うん、最終的には『お願い』で上手く疑いを解けたから。あ、深春くんの調査の方も問題なしでした。本人もご家族も白、スパイでも思想団体の構成員でもないと判明したみたい」

「当たり前だろ！」

俺達一家はほんのしがない一市民だよ！　工作員なわけあるか！

そんな使命があったら夜な夜な幼なじみとゲームに興じるような暇な生活してないわ！

「それから、基本的にはわたしが行動するときには、常に何人か護衛で天命評議会メンバーが同行してします。学校に行ってるときも遊びに行ってるときもそうだね」

「……え、じゃあ今日も？」

「もちろん」

「ど、どこにいるんだよ⁉　全然気付かなかったけど……」

「そりゃ、こっちに気付かれないように離れたところから見てもらってるよー。デートにメンバーまでついてきたら、楽しくないもん……」

……いや、俺は離れたところから見られてるだけで十分楽しさが削がれたけど。

ど、どこいるんだ……？　もしかして、このやりとり見てほくそ笑んでたりするのか……!?

……ていうかあぶねー！　うっかりト部の言うとおりにしてたら……エロいことのお誘いしてたら、それも筒抜けだった……。そんなん第三者に聞かれたらほんと生きていけない。

「けどまあ……それくらいだよ」

あくまで軽い口調で言って、日和は手を振る。

「天命評議会が深春くんに関係するとしたら、今のところそれくらい……。メンバーには、できる限り普通の女子高生として暮らしたいって伝えてあるから、深春くんとのお付き合いも、普通にさせてもらうって約束してあります」

「……お、おう」

いやまあ、現段階であきらかに普通じゃないけど……。

事前調査入った上にデートにも同伴とか、ぶっちゃけかなり怖いけど……。

はぁ……初彼女だってのに、まさかこんなにハードル高い状況になるとは……。

とはいえ、

「……ありがとう」

俺は日和に笑ってみせる。

「色々話してくれて、やっぱりちょっとほっとしたよ。勇気出して聞いてみて、よかった」

「こちらこそ、話させてくれてありがとう。やっぱりさー、迷惑だろうなーって思ってたからちょっと安心した……」

「……いやまあ、監視されるのは結構迷惑だけど」

「えー！　それは許してよー！」

そう言って笑いあいながら——この話ができてよかったと思う。

やっぱり、不安も沢山あると思うのだ。

天命評議会の活動をしながら、本当に交際ができるのか。そのことを、俺がどう思うのか。

そういう負担をできる限り減らしてやりたかった。せめてこうして二人でいるときくらいは、遠慮なく笑える日和でいてほしかった。

「……と、結構いい時間だな」

「わ、ほんとだね。そろそろ行こうか」

二人でテーブルを片付け席を立つ。

そして、伝票片手にレジへ向かいながら、俺はふと気付き、

「……ていうか、よく考えたら大丈夫なのか？」

「ん？　なにが？」

「この店で、結構普通に〈天命評議会〉の話しちゃったけど……店員に聞かれたりしたんじゃ……？」

たまたまなのか〈天命評議会〉の工作があったのか、俺達の来店中他の客が姿を見せることはなかった。けれど、店員はどうしてもカウンターの中にいるわけで……声量はやや抑え気味にしたけれど、内容が漏れ聞こえなかったとも限らない。

それでも日和は、

「ああ、大丈夫だよー」

さほど緊張感のない声でそう言う。

「さっき注文のついでに、色々お願いしておいたから」

「……そ、そっか」

抜け目ないな……とちょっと感心しつつも。

当たり前のようにそんなことを考えていると彼女と俺の間には、やっぱり溝は消えないままだな、と実感する。

＊

『――連邦共和国、[redacted]大統領が、〈天命評議会〉に対し異例ともいえるコメントを発表しました』

その晩、居間で夕飯を食べているとテレビからそんな声が聞こえて、俺は思わず箸を止めた。

目をやると——画面には、ＨＴＶのニュース番組が映っている。

映像が、スタジオからコメントする[redacted]大統領に切り替わり、

『「天命評議会は所属国や構成をあきらかにしておらず、信頼に足る機関とは到底いうことができない」「各国が彼らを交渉の場に引き入れていることに、憤りを覚えている」「共和国は名無し集団が[redacted]内戦に干渉するのを強く批判する」と[redacted]大統領は述べ、天命評議会の[redacted]内戦からの撤退を要求しました——』

——なんだか、未だに実感が湧かなかった。

[redacted]大統領は、その強面と強権的なキャラでネットでも何かと話題の人物だ。ネタにされてはいるものの国内の支持基盤は圧倒的、そのうえ強力な軍事力を背景にしていて、世界でもやっかいな位置にいる重要人物だ。

そんな彼が——天命評議会にコメントをしている。

俺の彼女である日和が作った組織に、[redacted]が敵対心を露わにしている——。

……大丈夫、なんだろうか。

未だに現実味を感じられないまま、俺はぼんやりと不安になる。

[redacted]を敵に回すなんてかなり怖いけど……日和は、〈天命評議会〉は無事で済むのか？

それこそ『お願い』があるし、あっさり懐柔できたりするんだろうか……。

『確かにこの天命評議会、[redacted]大統領の言うとおり、素性がよくわかっていないんですよね』

映像がスタジオに戻り、生真面目な顔のキャスターが言う。

『解説員の安賀多さん、いかがでしょう？』

『はい、天命評議会はここ数年で徐々に頭角を表し始めたシンクタンクのような組織ですが、どのような人物が所属し、どのように運営されているのかはよくわかっていません』

壮年の解説員はフリップをカメラに向け、書かれていることを指差す。

『にもかかわらず、国際政治の舞台でめざましい結果を出しているんですね。例えば先日の[redacted]共和国の民主化や、過激派グループ[redacted]拠点への空爆などにも天命評議会が関わっていると言われています。どちらもここしばらくの国際政治のバランスを大きく左右する重大事件ですね。そして意外なことに――』

と、安賀多解説員はフリップをめくり、

『――この天命評議会は、日本で生まれた組織ではないか、という説もあるんです』

――ドキリとした。

思わず、手に持ったままだった箸を取り落としかける。

『はあ、日本で！　それは、どうしてなのでしょう？』

驚く俺と同じようなテンションで、キャスターが解説員に尋ねる。

どうしてそのことがバレているんだ？　しかも、他国の諜報機関とかじゃなくてこんなニュースの解説員に……。

『活動初期の頃に、この日本に関わる場面での動きが多かったんですね』

あっさりと、安賀多解説員がその疑問に答える。

『しかもかなり内政に関わる動きが。総合入試の無期限延期や、交通事故の罰則の見直し。児相の予算配分の大幅な増加と組織改革などが、天命評議会の主導により行われたのではないかと見られています。また、日本は世界的に見ればテロの脅威に晒される数が比較的少ない』

『そうですね、最近は犠牲者数も増え、政府も対策に追われていますが、今年に入ってからの発生件数は先進国でも最も少ないと言われています』

『ですね。これも、天命評議会による交渉が効を奏しているから、と見る向きもあります。といったわけで、彼らにとって日本が特別な国であり、政府や外務省と繋がりがあるのも確実でしょう。この度の[redacted]大統領のコメントに日本国政府がどう反応するか、注目されるところです』

『……はい、安賀多さんありがとうございました。続いて、県内の天気予報です。気象予報士の森沢さん、お願いします――』

……なるほど、と。

大きく息を吐き出しながら、俺はもう一度箸を動かしおかずを口に運び始める。

……活動初期に日本での動きが多かった。

うん、なんか……日和らしいなと思う。

無防備にもその頃と同じ名前で今も活躍している抜けっぷりが、ちょっと彼女っぽい。

やっぱり〈天命評議会〉は――日和の組織なんだ。

自分にそう言い聞かすように考えて、続く天気予報のコーナーをぼんやりと眺めていると

……ズボンのポケットの中でスマホが震えた。

画面を見れば、

着信：卜部凜太(りんた)

――凜太。

卜部の小学五年生の弟だ。

なんだ？　こんな時間に。

「……ちょっとごめん」

同じ食卓でご飯を食べていた母親（今日はお店の仕事は休みをもらったらしい）にそれだけ言って、席を外すと居間から出た。

そして、はしごみたいな小さな階段を上りつつスマホを耳に押し当て、

「……もしもし？　凜太、どうした？」

『ああ深春？　遅くにごめん』

ギリギリ声変わり前の凜太(りんた)の声が、スマホから聞こえてくる。

『ちょっと、姉ちゃんのことで深春に聞きたくて……』

「ああ、どうしたよ」

『深春さー……もしかして』

と、凜太は迷うように口ごもってから、

『姉ちゃんと……ケンカした？』

「……は？」

思わず、階段を上る足を止めた。

ケンカ？　俺と卜部が？

「いや、してないと思うけど……」

日和とデートに行ってた今日は別として、昨日だって普通に二人でゲームした。別にそのときも言い合いになったりはしてないし、普段どおりに雑に扱(あつか)われただけだ。

『あれ、じゃあ俺の思い違いかなー？』

「どうしたんだよ、なんかあったのか？」

部屋に着き、畳に寝転がりながら俺は尋ねる。

『いや、姉ちゃん最近……夜全然眠れてないみたいでさ。ずっと寝不足っぽくて、クマがヤバいんだよ。で、そういうときってだいたい、深春とケンカしたとかそういう感じだから……俺が間を取り持ってやろうと思ってさ』

「ただのゲームしすぎじゃないか？」

なんか、教室でもそんなことを言っていた記憶があるしな。

あいつがなにか繊細な理由で寝付けなくなるとも思えないし、その線が一番濃厚な気がする。

けれど、

『多分違うと思う。姉ちゃん、蒲団にはいつもどおり入ってるし』

「だったら、蒲団の中でスマホで遊びすぎとかじゃ？」

『それもない気がする。あいつスマホゲーとかネットとかにはそこまではまらないタイプだし』

じゃあ、なんなんだろ。

蒲団に入ってるのに眠れないって、相当思い悩んでないとそうはならない気がする。けれどそもそも、卜部がそんな風に悩んでるところが想像つかない。

あいつ、結構深刻な状況でもひょうひょうとしてるタイプだしな。高校受験のときも成績結構やばかったのに、一ミリも焦る気配なかったし……。

『……やっぱり、俺は深春となんかあったんだとにらんでるよ』

スマホの向こうで、それでも凜太はそう主張する。

『なんかわかるんだよ、弟だから。あれはきっと、深春とのことでなんか悩んでああなってる』

「そう、かあ？」

『だから深春さ』

と、凜太はそれまで以上に真面目な声になり、

『できれば姉ちゃんのこと、普段よりちょっと気遣ってあげてくれよ。あいつなりにまあ、しんどそうに見えるからさ』

「……お、おう」

『じゃあ……伝えたからね、よろしく頼むよ！　おやすみ！』

「うん、おやすみ……」

ぶっきらぼうな口調に凜太にそれだけ返すと、電話を切った。

そっか……卜部、寝不足か……。

──本心を言おう。

なんとなく──俺はわかっている。

卜部が、俺に対してちょっと特殊な執着をしていて。多分、俺に彼女ができたことに動揺しているっぽいのも、本当は気付いている。

だから——少しだけ、思ったりもするのだ。

あいつも、ほんの少しくらいは、俺のことを異性として意識していたのでは、なんて。

けれど——、

「……いやいやいや、やっぱありえねえわ」

——どうしても、しっくりこない。

彼女が俺に対してそういう感情を。『恋愛感情』を抱いているなんて、信じられない。

例えば、日和と俺の間にあるのは、間違いなく恋愛感情だと思う。

あの苦しさや不安やうれしさは、それ以外の何物でもないと思う。

けれど——俺と卜部の間にあるのは、そういうどこか儚(はかな)いものではなくて。

もっと、素朴で、垢抜(あかぬ)けない感情である気がするのだ。

とはいえ、

「……なんなんだろうな」

ただ結局、それがなんなのか俺にはわからなくて。

なんと名前のつく感情なのか、見当さえつかなくて。

スマホを手に取ったまま、俺は一人小さくつぶやいた。

「——女子って、よくわかんねえな……」

*

そして——その日からしばらく経って。
日和が、突然学校に来なくなる——。

# 第3話 ―― 訳も知らないで

「──今日も……葉群が休みかあ」

デートから、二週間ほど経った朝。

朝のホームルームで、壇上に立った担任は不安げに言った。

「風邪をこじらせたって話だったけど、ずいぶん長引いてるな……。この時期は体調崩しやすいから、皆気を付けるようにな。新型ウイルスも流行ってるし、熱出たら無理しないんだぞ。……で、そろそろ中間試験が近いんだが──」

担任の話題が、あっさり次に移る。

聞こえた『中間試験』というフレーズに、クラスメイト達の背筋がちょっと伸びる。

けれど俺は──この欠席の連続に。日和がもう一週間も学校に来ていないことに、はっきりと不安を覚えていた。

最初は本当に、ただの風邪なのだと思っていた。日和はどっちかというと風邪を引きやすそうな印象だし、実際そういう季節でもある。

けれど、心配になって送ったラインのメッセージはすべて未読のまま。

そうこうしているうちに休みの日は続き、返信もないまま今日に至って──さすがに俺は、確信する。

──何かあったんだ。

──〈天命評議会〉の活動の中で、何かが起きたんだ。

「――テスト期間は、近いうちに各教科の先生から発表があると思う。ギリギリになって慌てることのないよう、きちんと準備しとけよ――」

ただ……何が起きたのか全くわからない。

あのデートの日以降も、日和の様子に変化はなかった。さらに言えば、ニュースを見ていても〈天命評議会〉に動きがある気配は見えなくて、トラブルが起こる前兆も感じられなかった。

――ただただ本当に、平穏無事な毎日だったのだ。

「――そういえば、この間観光客から、この学校の生徒になくし物探しを手伝ってもらったと感謝のメールが届いたらしい。もしこのクラスに――」

先生の話を片耳で聞き流しつつ、けれど俺はちょっと考え直す。

〈天命評議会〉は秘密主義の組織だ。内部情報を安易に流すはずはない。

特に、リーダーの日和に関わることとなればそれはトップシークレットだろうし、本人もおいそれと周囲に状況の変化を知らせることはないはず。

となると……俺のわからないところで事件が起きていてもなにもおかしくないし、むしろそれが大ごとなら大ごとな程、表に出るには時間がかかるだろう。

「……っ！」

ふいに、最悪の予想が胸に浮かんだ。

例えば……日和が敵対組織に捕まったら。

その首謀者があの、[redacted]大統領だったら。

あるいは、内戦中の国で戦闘に巻き込まれたら。

そしてそのまま——命を奪われてしまったりしたら。

——背中を嫌な汗が伝っていく。

鼓動が一拍一拍強く脈打って、手足にじんと痺れを覚える。

そうだ、そうなったって、本当はおかしくないんじゃないか……？

そしてそうなれば——こんな風に、ある日突然学校に来なくなって、欠席がずっと続いて……いつの間にか、行方不明で片がつけられる。

本当のことを、俺が知ることはどうやったってできない……。

「——じゃあ日直の軒下、挨拶頼む」

「はーい。きりーつ。礼ー！」

「ありがとうございましたー」

だるそうなクラスメイトの声とともに、朝のホームルームが終わる。

それでも俺は、こみ上げる嫌な予感をかみつぶすのに精一杯で——声ひとつあげることができずにいた。

*

——なにも変化が起きないまま、その日の授業がすべて終わる。

少し前まで日和と一緒に帰っていた道を、一人でとぼとぼと歩く。

見上げると——尾道の街はいつもどおりで。

曲がりくねった坂道と古い家々は何十年も前から変わらない姿をしていて……その変化のなさに、俺はどうしようもなくもどかしい気持ちになる。

当たり前のことだけれど。言うまでもないことだけれど……世界は、世の中は、俺達の気持ちなんて関係なしに薄情にそこにあり続ける——。

「……ん？」

そして——商店街辺りに差し掛かったところで、俺はとあることに気付いた。

視界の片隅、そこに映り込んだ人影——。

……なにかが不自然だ。

一見ただの観光客風。だけど……なんだろう、うちの店に来る観光客と、気配というか佇まいが違う。

そして、

「……もしかして」

俺は——ふと気付く。

「あの人は、もしかして……」

そうだ、きっとそうだ。

見れば見るほど、その怪しい動きは「そう」としか思えない。

そして——思い付いてしまう。

俺の不安を解消する、『とある方法』を。

日和の現状を知るための、あまりに『大胆なプラン』を——。

——普段の俺だったら、そんなこと思い付きもしなかっただろう。

仮に思い付いたとしても、即座に却下していたと思う。

けれど——今はそんなこと言っていられない。

「……よし！」

……覚悟は決まった。

少し考えるとタイミングを見計らい——俺は裏道へと駆け出す。

入り組んでいる狭い路地。全力疾走でバイク屋の横を過ぎ喫茶店の看板をくぐる。

洗濯物をかすめ古い民家の軒先をすり抜け、魚屋の前の発泡スチロール箱を飛び越える。

そして、さらに何度か角を曲がったところ。

人一人とおるのがやっとの裏路地で、急にくるりときびすを返すと――

「――うわっ！」

――鉢合わせた。

案の定、俺の後ろを走って追っていたのだろう……二十台後半くらいの男性と鉢合わせた。

――やっぱりそうだ。

さっきから、視界にチラチラ入り込んできた不自然な観光客――。

あの人は、俺のあとをこっそりつけていたんだ。

そして、そんなことをするのは……日和の関係者、〈天命評議会〉スタッフの可能性が非常に高い。

罠にかかっているとは思わなかったんだろう。目の前の男性は酷く慌てた様子で逃げ道を探している。

見れば――男性は存外気さくそうな顔立ちをしていて。

ちょっとチャラめの雰囲気の……少なくとも、シンクタンク所属というイメージとはほど遠いお兄さんで。

「……〈天命評議会〉の人ですよね？」

俺はそちらにぐいと踏み込み、彼に尋ねた。

「俺のこと……監視してたんですよね？」

もちろん、できる限り声を殺して、男性にだけ聞こえるように配慮をした。

日和がいない今、誰かに話を聞かれてしまうとやっかいだ。

「な、なんの話だよ……」

男性はあくまでしらを切ろうとする。

「評議会……？　なんのことか、全然わかんねえんだけど……」

けれど——簡単に逃がすつもりはない。

彼を自然に通路の隅に追い込みながら、

「じゃあ、なんで俺のこと追ってたんですか？　しかも……こそこそ物陰に隠れながら」

「……は？　なんのことだよ？　ただ俺は……知り合いとの待ち合わせに遅れそうだから、走ってただけなんだけど」

「こんな裏道通ってですか？」

「……表から行ったら間に合わねえんだよ」

「あくまでしらを切る気ですか……」

「だから、なんの話かわかんねえってえの。いいからもう行かせてくれよ」

「どうしても逃げるつもりなら」

と、俺はスマホを取り出しカメラを起動すると、

「今から、あなたの写真を撮ってネット中にばらまきます。いいんですか？　組織のメンバー

の顔が世界中に晒されて」

──男性が、目を見開き息を呑んだ。

逃げることもなにか言うこともできず、悔しげに唇を噛んでいる──。

我ながら──大胆なことをしていると思う。

国際的組織の構成員に、こんな取引を持ちかけるなんて。

ただ……それでもどうしても、俺は情報が欲しかった。

日和が現在どうしているのか──それを知るためにはこうするしかないと思った。

「……ぐはぁぁぁ〜……」

マンガみたいな声を出して、男性は深く息を吐いた。

そして、困ったように笑うと、

「……もう、言い訳できねえか。ああ、そうだよ……俺、〈天命評議会〉スタッフ」

……やっぱり、そうだったか。

この人は、天命評議会の監視要員だったんだ──。

そして、男性はどこか開き直ったような顔になると、

「あーあー、こんなことになったら減給間違いなしだなー……。頃橋くんに見つかるとか

……」

「……俺の名前、知ってるんですね」

「ああ、当たり前だろ」

言って、なぜか男性は自慢そうに胸を張る。

「君は今、世界で一番重要な人物、葉群日和の恋人なんだ。彼女のサポート組織が、その名前を把握してないわけないっしょ」

……ずいぶんと、気さくな口調だった。

ただの近所のお兄さんと会話しているような、そんな気分になってしまう。

見ればこの男性、服装だって尾行向けと言うよりはただのお洒落(しゃれ)な格好だ。オーバーサイズのパーカーにスキニージーンズ、ややチャラめに遊んだ髪。普通の観光客を装うなら適切なのかもしれないけれど、こうして相対してみると、ニュースで扱われている〈天命評議会〉とイメージが繋がらない。

……大丈夫なのか？　〈天命評議会〉。プロ集団だと思ってたけど、こんな感じの構成員もいるのかよ。

……いや、今はそんなことを考えている場合じゃない。

確認したいことがある――。

「日和と、連絡がつきません」

俺は、彼に突きつけるようにして言う。

「学校にも来てないし、ラインにも返事がないし……。どうなってるんですか？　俺も、状況を知りたいんです」

立場的には、こちらが優位にあると言っていいだろう。

だから俺は――あくまで強気に彼に要求を。『お願い』をする。

「日和がどうしているかを、教えてください」

「……ずいぶんぶっこんでくるなあ」

困った様子で、男性はガシガシと髪を掻いた。

「まあでも……こうなったらしかたないか」

そして、うっすら笑みを浮かべると、観念した様子でため息交じりに男性は言う。

「――わかったよ。ちょっと本部に確認して、どこまで話せるか聞いてくる」

＊

「――実は俺、ずっと君と話してみたかったんだよなあ」

風が吹き始め、人気のなくなった海沿いのベンチで。

買ってきてくれた缶コーヒーを俺に渡し、その男性は開口一番そんなことを言う。

「話したかった……ですか？　俺と？」

「うん。あの日和ちゃんが恋した相手だろ？」

ベンチの隣に腰掛け、男性はこちらにニヤリと笑みを向ける。

「あの子、どういう男が好きなんだろうって。日和ちゃん本人に聞こうかとも思ったけど、最近じゃなかなかそんな機会もなくてさ。俺、下っ端だし。組織ももう、大分デカくなったし」

「……下っ端、なんですか」

「どう見てもそうでしょー！」

言って、男性は両手を広げて笑ってみせる。

「組織に他に俺みたいなヤツいたらまずいでしょー。学歴ないし実際バカだし。でも、他の人らはちゃんとしてるから。元医者もいれば弁護士もいれば自衛隊員もいるし、官僚だったやつまでいる」

「へえ。そんな、経歴の人が……」

「まあ、そのレベルの人がいないともう回らないよね、今の組織は。で、今ちゃんと本部のそういう人たちから許可もらってきたんだ。頃橋くんと話していいことも、ちゃんと確認してきた。ということでこれは評議会公認の会話ってことになるから、安心してよ」

「わかりました。……そうだ、あの」

と、まず俺は気になっていたことを尋ねてみる。

「あなたのことは、なんて呼べばいいですか？　本名はさすがに難しいと思うので、偽名とかでも構わないんですが」

スタッフさんとか、お兄さんとか、そういう呼び方もできるんだろうけれど、この人相手にはそれも不似合いな気がした。

「ああ、そうだな……じゃあ、『牧尾(まきお)』とでも呼んでもらおうかな」

「牧尾さんですね。わかりました」

「よろしくねー。で、本題」

と、牧尾さんは一口コーヒーを飲む。

彼の隣で、俺は緊張感に背筋を伸ばす。

「日和ちゃんの現状だけど……本人は元気だよ。ケガしたり、体調崩したりしてるわけじゃない。普通に組織の拠点で、仕事してくれてる」

「そう……なんですか」

ほうと、胸の奥から深い息が漏れた。

「それは、まずはよかったです……」

大けがしたり監禁されたり、最悪すでに命を落としている可能性まで考えていたから、それは何よりも朗報だ。

あの子が元気なら、ひとまずそれで十分だと思う。

「けどまあ……予想外のことが色々起きててねー。そのフォローでいっぱいいっぱい、って感じみたいだよ。そのうちなんか、ニュースになるかもしれないけど」

「それはこう……外国との関係みたいなところで？」

「……うん、まあそうなるね」

残念そうに、牧尾さんは苦笑する。

「けど……多分そう遠くないうちに、状況はある程度落ち着くと思う。……いや、落ち着かないにしても、日和ちゃんは戻ってこられると思うよ。だから、もうちょっとだけ待っててよ」

「……そう、ですか」

もう一度、胸をなで下ろした。

あの子が、ちゃんと戻ってくる——。

その言葉だけで、身体の緊張が解けて気分もちょっと明るくなる。

「……ありがとうございます」

自然と、そんな言葉が口からこぼれた。

「よかったです、ちゃんと説明いただけて。色々わかんないことだらけで、ずっと不安だったので」

「……不安か、まあそうだよなー」

過去の自分を眺めるタイムトラベラーみたいに、牧尾さんは目を細めた。

「そりゃそうだよな。高校で初めてできた彼女が、世界を左右してるなんて言われて……そりや不安だし、わけわかんないに決まってるよな」

「ほんとですよ！　告白されたときは、まさかこんなことになるとは思わなかった」

「わかるわかる。俺だって、最初日和ちゃんとやりとり始めたときは、こんなことになるなんて思わなかったもん」

「……へえ」

――最初、日和ちゃんとやりとり始めたとき。

そのフレーズに、興味が湧いた。

そうだよな。この人も、かつてはごく普通の一般市民で、なにかをきっかけに〈天命評議会〉に合流することになった。

俺が日和に告白されたときのように、そこには牧尾さんの事情があって、気持ちがあって、いつの間にかこんな大きな流れに巻き込まれていた。

「……なにが、きっかけだったんですか？」

――気付けば、そんな風に尋ねていた。

「牧尾さんは、どういう経緯で〈天命評議会〉に参加したんですか？」

本当は、そんな話をしていい相手ではないのかもしれない。

個人的なやりとりなんてもってのほかだし、それが組織の過去に関わる話題なら、到底許されないのかもしれない。

けれど……なんだか、話したいと思ったのだ。

この気さくなお兄さんが、国際的な組織に合流した経緯を、本人に聞いてみたい。

「……ええ、俺ぇ!?」

話題が自分に向いたのが意外だったのか、彼は大げさに驚いた表情になる。

「そんなんマジで興味ある!?　……いやまあ、色々あってこうなったけどさあ……」

「ええ、割と」

その問いに、俺は素直にうなずいた。

事実俺はこの人に、牧尾さんに、ぼんやりとした好感さえ覚えている。

それに、

「それを通じて、組織でのあの子のこともちょっと見えそうな気もしますし」

「……なるほどね」

ふっと、牧尾さんは笑みをこぼす。

「はーいいねえ。高校生だねえ……恋してんなあ……」

「まあ、そうすね。でも、牧尾さんのこれまでに興味があるのも事実なんで」

「……そっか」

牧尾さんはうれしそうにコーヒーを一口飲み、

「ちょっと……歩こうか」

そう言って、ベンチから立ち上がった。

＊

「……俺の実家、すげえ貧乏でさ」

日の暮れる海沿いの道を歩きながら、牧尾さんはそんな風に話を始めた。

その髪が夕方の風にそよぐように揺れている——。

「母親は飲食店で働いてて、父親は小さい頃に出てってて……だから俺、中学出てすぐ仕事始めたのよ。地元の建築関係の会社で。早く自立したかったし、そういうのが普通だと思ってたから。でも……俺の妹、十個離れてるんだけど、すげえ頭良くて」

自慢げな口調で、はにかむような表情で牧尾さんは言う。

「中学では当たり前みたいに成績トップで、親が頑張って高校受験もさせたら県内で一番頭良い高校余裕で受かってさ……。本人も勉強が大好きみたいで、このまま奨学金(しょうがくきん)とかもらって大学行って、将来は学者かなんかかなって家族みんなで期待してたんだ……」

「それは……すごい」

彼の隣を歩きながら、俺は素直にそうこぼす。

正直に言うと、俺も自分の成績にはかなり自信のある方だ。

それでも、中学で一番とか県内トップ高に余裕で入学とか、そこまでのレベルにはちょっと届かない。

その妹さんがいかにすごい人か、かすかな悔しさ混じりに俺は実感する。

「だろー！　しかもその妹、超かわいいんだよ！　マジ自慢の妹だし、なんなら生きがいでもある！」

「そこまでですか」

ハイになってきた牧尾さんに、思わず笑ってしまった。

「牧尾さん、もしかして若干シスコンなんじゃないですか？」

「若干とかじゃないよ、バリバリシスコンだよ！　妹のためなら死ねるもん！」

「いやいや、生きて良い兄でいましょうよ」

「はは、まあそうだな。悲しませたくないし。……けど」

と、ふいに牧尾さんは表情を曇らせ、

「覚えてるかな……。二年前くらいに、入試制度が変わりそうになったの」

「……ああ、はい。ありましたね、そんなこと」

「総合入学試験、だっけ。民間で試験を作成して、国内の限られた会場で高い金払わないと、入試が受けられなくなるヤツ。あれさー、うちがもろに煽り受けそうで。受験勉強用に教材とか結構買っちゃったから、あれ受験する金なくなっちゃってて。そのうえうちの近くでは試験やらないから、遠くまで受けに行かなくちゃいけなそうで……」

「……マジ、ですか」

「うん、だから妹、第一志望の大学諦(あきら)めるって言い出したんだよ」

当時、国内で議論が紛糾(ふんきゅう)していたのをぼんやり覚えている。

その頃、俺は中学三年生。今ほど世の中の動きに注目していたわけじゃなかったけれど、自分の将来に関わりそうなニュースだからチェックしていたのだ。

憲法で定められた『教育の機会均等』が守られないと文部科学大臣が激しく追及され、にもかかわらず半ば強行で法令が可決されそうになった――。

「俺……それが、どうしても納得いかなかったんだ」

当時の悔しさを思い出すように、牧尾さんは眉間にしわを寄せる。

「だから、ちょっとでも意見集めたり、詳細を知ろうとしてスマホでネットの掲示板に書き込みするようになったんだ。おかげで、総合入試実施の意図とか、役所で受けられる補助とか、色々知ることができたんだけど……うん、俺の中で、やっぱりその政策に対する反感は強まっていった。でも、どうすればいいかわからなかったんだよなー。俺その頃、選挙も行ったことなかったし、デモとかも思い付かなかったし……」

遠い目で、対岸の向島を見ている牧尾さん。

造船所にはちらほらと灯(あか)りが点り始めていて、なんだか夜の遊園地のようにも見える。

「でね──」

と、牧尾さんがこちらを向き、

「──そんな時期に、ネット上で接触してきたのが日和ちゃんと、その仲間達だった」

その目にどこか誇らしげな色を浮かべ、そう言った。

「あの頃はまだ、組織もほんの数人のグループで、中学生のあの子が、国内の問題を解決するお手伝いをしているくらいの感じだった。で、ちょっと話を聞かせてほしいって言われて、実際に会って……うん、今でも覚えてる。経緯を説明したファミレスで、日和ちゃんは言ったんだ。『わたしが、お願いしてみます』って」

──中学生の日和。

あの子は──そんなに前から今の活動を始めていたのか。

今より幼い彼女を想像して、なぜだろう、俺は少し胸が苦しくなる。

「いやあ、あのときは何かと思ったよ。怪しげな宗教団体で、この女の子が教祖かなんかなのかなって。だから全然期待してなかったんだけど……あっという間だった。その日からあっという間に総合入試の実施が無期限延期になって、妹は予定どおり第一志望の大学に受かった。しかもだよ！　特待生扱いで学費はゼロ！　そのうえ返還不要の奨学金までゲットして、家庭への負担全くなし！」

「それは……すごいですね」

妹さん、本当に天才レベルの超優秀な人物じゃないか……。

特待生で学費無料って、本当にこの世に実在するのか……。

「だから、俺は日和ちゃん達に感謝のメールを送ったんだ。一生の恩人です、本当に本当にありがとうって。どうやったのかはわからないけど、あなた達のおかげです、ってね。そして——そのメールの返事で言われたんだ。わたし達の仲間になりませんか。一緒に世の中を、少しずつ良くしていきませんか、みたいなことを」

牧尾さんが、その場に足を止める。

そして、当時の決意を思い出すような表情で——それまでとはどこか違う大人びた顔で、こう続けた。

「是非、仲間にしてくださいって返したよ」

「そう……ですか」

「妹を生きがいとすれば、日和ちゃんはマジモンの恩人だ。働いてる会社にも感謝してたけど……恩を返したいって、すげえ思ったんだよな。それ以来、俺は日和ちゃんのそばで働くようになったんだ。そうこうしてるうちに、いつの間にか組織がデカくなって、色々優秀なヤツも増えていって、お願いの規模も世界レベルになって……で、仕事が難しくなった分、俺は若干お荷物になっちゃったってわけ」

言って、牧尾さんはたははーと笑う。

「最初の頃は、もうちょいこのガッツとノリで役に立ててたんだけどねー。まあでもしょうがねえ。後悔はないよ。妹が幸せそうにしてて、ついでに日和ちゃんの役にもちょっとだけ立ててる。それで十分だ」

というわけで、と牧尾さんは両手を広げてみせる。

「それが、俺みたいなヤツが〈天命評議会〉に入った経緯だよ。聞いてくれてありがとう」

「いえ……こちらこそ、ありがとうございます」

言って、ほうと息を吐き出す。

牧尾さんの隣で手すりに体重をあずけ、向島をぼんやりと眺める。

「そっか、そんなことがあったんですね……」

——認めよう。

正直俺は——グッときていた。

牧尾さんと日和のこれまでに、ちょっと感動してしまっていた。

得体の知れない組織だと思っていたけど。俺の届かないところにある遠い話だと思っていたけれど……そうだよな。

そこにいる人たちにとっては切実な現実が、ときに泥臭い日常が、その活動の背景にはある。

だから——初めて、はっきりと感じた。

日和は、すごいことをしているんだな。

『お願い』を使って、本当に少しずつ世界を改善している——。

そして——、

「……ごめん、話しすぎたわ」

牧尾さんが、そう言って照れくさそうに鼻を掻く。

「そろそろ行くよ。まあ、また話す機会があれば……」

「ええ、ありがとうございました」

「……頃橋くんは頃橋くんで、悩んだり苦しんだりすることもあるだろうけど」

と、彼は人なつっこい笑みを浮かべ、俺に手を差し出した。

「彼氏として、頑張ってくれよ。俺は組織メンバーとして頑張るから」

「……はい！」

手を握り返すと、そこにぐっと力を込めもう一度笑う牧尾さん。

そして彼は「じゃあな」とだけ言うと、きびすを返し去っていく。

小さく頭を下げ、その背中を見送りながら——俺は、ほんの少し寂しさを覚えている自分に気が付いた。

「……俺も」

ほとんど無意識のうちに、俺はそうひとりごちていた。

「少しはそこに、関われればいいんだけどな……」

*

――そして、その翌週の月曜日。

突然――彼女が学校に戻ってきた。

*

「――おはよう、深春くん」

――なんの前触れもなかった。

事前に連絡も、前兆も、気配もなかった。

だから、朝の教室で。聴き慣れたはずのその声に、俺は弾かれたように振り返り――、

「はは……ごめんね、いっぱい休んじゃって。でも、もう大丈夫だから――」

――照れくさそうにそこにいる彼女。

短めの茶色い髪に、ちょっと日焼けした頬に、まぶしく白い首筋。

そして――不安げに揺れる、幼く丸い瞳。

自分の席の前に、当たり前みたいに立っている日和。

その姿に……ぐちゃぐちゃの感情がこみ上げて。

けれど俺は、それを言葉にすることが上手くできなくて——代わりに彼女の手を、ぐっと捕まえた。

「え、な、なに⁉」

突然の展開にうろたえる日和。

けれど——俺はなにも言わずに席を立ち、彼女を教室から連れ出す。

「……ど、どうしたの、深春くん……？　どこ、行くの……？」

日和が尋ねてくるけれど、上手くそれに答えられない。

ただ、日和の手の柔らかさを。その暖かさと丸さを手放さないように、ぎゅっと拳に力を入れる。

そして俺達は、周囲の生徒の視線を浴びながら廊下を抜け、階段を上って——屋上へ出た。

「え、な、なんでここに……」

そして、ようやくその手を離すと——崩れ落ちそうになって、思わず両手を膝についた。

「だ、大丈夫⁉　体調でも悪いの……⁉」

日和がもう一度、心配そうな声をあげた。

けれど俺は——それにも上手く答えられない。

彼女には、もっと伝えたいことがある——。

「……心配、したんだからな」

絞り出すような声で、そう伝えた。

「急に来なくなって、連絡もつかなくなって……俺、本当に心配したんだからな……」

——そうだ。

俺は本当に不安だったんだ。

もう二度と、日和に会うことができないかもしれない。

永久に、遠い存在になってしまうかもしれない。

もしかしたら——もう、命を落としてしまっているかもしれない。

牧尾さんに会って話すまで、誇張じゃなく、俺はそんな風に怯(おび)えていたんだ。

だから、こうしてもう一度会えた今。安心やらうれしさやらでもう頭がぐちゃぐちゃで……

どうすれば、それを上手く伝えられるのかわからない。

けれど、

「……ごめんねえ」

その声に——はっと顔をあげた。

見れば日和は、

「心配かけて……ごめんねえ……」

言いながら——ぼろぼろと涙をこぼし始めていた。

「……え、ちょ！」

慌てて姿勢を立て直すと、どうすればいいかわからずそばに駆け寄った。

「ご、ごめん！　別にその、怒ってるとかじゃなくて！　ただ、本当に心配だったっていうのを、伝えたくて……」

まさか、泣かしてしまうとは思わなかった。

しまった、キツい言い方をしてしまっただろうか。

責めるような口調になっていただろうか。

「帰ってきて、よかったと思ったんだよ！　ただちょっとびっくりしただけで、怖がらせたら、ごめん……」

「……あ、あのね、そうじゃないの……」

涙を拭い、しゃくり上げながら日和は言う。

「わ、わたしも……寂しかったの」

「……寂しかった？」

予想していなかったその言葉に、俺はマヌケにオウム返しした。

「うん、すごく……すごく、寂しかった。あのね……これまでは、そんなことなかったんだよ？　忙しく仕事をしてても、なかなか家に帰れなくても、しばらく学校に行けなくても……寂しいなんて思うことはなかった。ただ、大変だなーと思うのと、あとで家族や学校に無断外泊を許すようお願いするの、めんどくさいなって思うくらい。……なのに」

言って――日和は潤んだ目で。

今にもこぼれ落ちそうな瞳で、じっと俺を見る。

「なのに……今回は、すごく寂しかった。ずっと深春くんのこと考えてたし、今なにしてるんだろうって……。も、もしかしたら……」

と、彼女は視線を落とし。

固形物でも吐き出すような苦しげな声で――こう言った。

「こんなことしてる間に……他の女の子のこと、好きになっちゃうかもって……」

……他の女の子？

……好きになっちゃう？

「……そんなわけないだろ！」

反射的に――大きな声が出た。

「そんな、日和がいるのに他の女子なんて目に入るわけないだろ！」

「……で、でも！　深春くん、かわいい子と仲よかったりするし……！」

「……え？　いや、日和以外にそんなに仲のいい女子いないけど」

まあ、同じクラスに話したりする女子はいるけれど、正直知り合い以上友達未満くらいの関係がせいぜいだろう。日和に不安に思われるような相手がいるとは、到底思えない。

けれど日和は、

「……卜部さん」

完全に予想外の、その名前を口にした。

「仲いいじゃない……。すごく、かわいいし……」

「……ええ……あいつかよ……」

思わず全身の力が抜ける。

卜部？　よりによってあいつが、『仲のいいかわいい女子』？。

……確かに、その言葉に決定的な間違いはないのかもしれない。けれど、認識が根本的に間違っている。

「あいつは、本当にただの幼なじみなんだよ……。日和と付き合い出したことはちゃんと報告したし、応援もしてくれてるっぽいし、心配に思うことないって」

「……本当に？」

「本当だって！」

……とはいえ、確かに俺とあいつの距離は、近すぎるかもしれない。

もし日和に同じような距離感の幼なじみ男子がいたら……俺も不安になりそうな気がする。

「……もし日和が嫌なら、もうちょっとあいつとの付き合い方考え直すよ。登校も日和と一緒にしたり、遊ぶの控えたり」

「あ！　そ、そういうのはいいの！」

慌てたように、日和は首をブンブン振る。

「本当にただの幼なじみなら、わたし、その関係の邪魔したくない！　……ただね」

と、日和はふうと息を吐き出し。

一歩こちらに近づくと――その頭を、俺の肩にもたせかけた。

「本当に、寂しかったの……」

つぶやく声が、すぐ至近距離から聞こえる。

「……もう、離れたくないなあ……」

切実な声だった。

彼女の胸のうちからこぼれ出したように、無防備で、明け透けな言葉だった――。

そして、そんな彼女に相対する俺は――今にも心臓が、爆発しそうだった。

日和の体温を、肩ではっきりと感じる。

そして、鼻をくすぐるシャンプーの甘い匂い……。

付き合って以来、日和とこんな風に接近するのは初めてのことで……これは、抱きしめてもいいのでは？　この体勢……彼氏としては、背中に手を回してもいいのでは……!?

「……」

ごくりとつばを飲み込み、そろそろと彼女を両手で包み込む。

セーラー服の背中に手を回すと、一瞬日和はビクリと身を震わせ——おずおずと、俺を抱きしめ返してきた。

——頭が茹だりそうだった。

今自分は、葉群日和という女の子を抱きしめている。

その感覚も、彼女が俺にそれを許しているという事実も、今の俺にはあまりにも幸福で……

額の熱に、意識がぼんやりし始める。

ほとんど俺と身長の変わらない日和の体温、丸み、柔らかさ——。

息づかいに上下する背中。手の平にわずかに覚える、多分ブラ紐の感触——。

そして、俺の背中をぎゅっと摑む、日和の手の平の力——。

そのすべてがうれしくて、ずっとこうしていたくて、けれど——。

——校舎の中から、チャイムの音がする。

——朝のホームルームの予鈴だ。

「……行かなくちゃね」

日和が俺から身体を離し、そう言ってほほえんだ。

その頬は、恥ずかしさからか熱からか、真っ赤に染まっている。

「二人で遅刻したら、怪しまれちゃうし……」

「……だな」

照れくささに頰を掻きながら、冷静を装って俺も答えた。

そして、二人で屋上出口に向かいながら、

「まあ、なんかその……活動、大変だろうけど、無理しないようにな」

間を持たせたくて、口から出任せにそんなことを言ってみた。

「身体壊したら元も子もないし、周りの人も心配するだろうし……。まあ、日和の場合、そうも言ってられない場合も多いのかもしれないけど」

日和はそれに、困ったような顔で笑うと、

「そうなんだよー……」

テストの難しさを愚痴るような声で言って、唇を尖らせる。

「解決しても解決しても、新しく問題が起きてさー。ここは大丈夫！　はい次！　って話を進めていったら、あとから一気に反発が起こったり……」

「そういう……感じなのか」

「うん。なんて言えばいいのかな……まるで……まるで、そう」

と、彼女は少し、疲れた笑顔でこちらを向き——、

「まるで――世界が終わりたがってるみたい」

「……終わりたがってる、か」

その独特の表現を、思わず口の中で繰り返した。

「なんか、一昔前のロックバンドの歌詞とかでありそうなフレーズだな……」

結構音楽は聴く方なのだけど、ゼロ年代のオルタナティブロック界隈（かいわい）には、そういう世界観のバンドがちょこちょこいたように思う。そんなフレーズが、現代ののほほんとした女の子、日和の口から出たのが、なんだか不思議だった。

そして日和は、僕に続いて屋上から校舎への階段を下りながら、

「確かに、ちょっと歌詞みたいかも……」

と笑う。

「もし、もう『お願い』を使わなくていい世の中になったら、わたし作詞家になろうかなー

……」

「……そんな日が、早く来るといいな」

――それは、俺の本心だった。

いつか――〈天命評議会〉の仕事がなくなる日が来たら。

日和の『お願い』が必要のない日が来たら。

そしたら俺達は、きっともっと、普通の恋人同士として暮らせるのに……。

「……うん、だから頑張る」

日和はその目に意思の光を宿し、こくりとうなずいた。

「『みんなが笑ってられる世界』を作れるように、頑張るよ——」

＊

——そしてその晩。

俺は日和のその目標が、いかに遠い物かを思い知らされることになる——。

＊

『[redacted]前書記長亡命。友好組織の資金を後ろ盾に、再起を画策か？』

『[redacted]自治区への[redacted]党による経済制裁解除、無期限先送りへ』

『[redacted]反政府組織施設に空爆。[redacted]政府軍ドローンによる攻撃との見方も』

『[redacted]副大統領、[redacted]の難民収容施設縮小を明言』

『[redacted]復活？　新指導者を名乗る者の声明がインターネット上にアップロードされる』

「……マジ、かよ」

スマホに並んだニュースに、俺は横たえていた身体を起こした。

あいかわらず狭苦しい自室。薄暗い蛍光灯(けいこうとう)の下。

俺はそれぞれの記事をクリックして詳細を確認しながら、体温がさーっと下がっていくのを感じる。

「これ全部、〈天命評議会〉が関わってた件じゃねえか……」

民主化された独裁国家[redacted]、内戦中の国家[redacted]。壊滅(かいめつ)したはずの過激派テロ組織[redacted]、難民収容施設が作られた[redacted]。

そのすべてが〈天命評議会〉の関わった組織や国家で……報じられた動きは、評議会の思惑(おもわく)とは逆に事態が向かっているのを示すものだった。

「そりゃ……日和も忙しくなるか」

彼女が学校に来れないほど働いていた理由を、今さらながらに実感する。

これらの問題に『お願い』ひとつで立ち向かおうとすれば、学校に行ってる暇がないはずだ。

そもそも、

「こんなに……重なるのかよ」

その出来事ひとつひとつが、状況を大きく動かす重大事件だ。

それが、こんなにもまとめて発生していることに、俺は違和感を覚える。

そしてすぐに——俺はその、原因かもしれない事実を知ることになった。


『連邦共和国[redacted]大統領、「天命評議会」を「非人道的組織」に認定。国際秩序を乱していると強く批判』


その見出しに——ひゅっと小さく息を吸い込んだ。

冷えていく指先で題字をタップし、詳細を読み込む。

内容としては——非常にシンプルだ。

先日も〈天命評議会〉への不快感を示していた[redacted]大統領が、ついに国家として評議会を『非人道的組織』に認定した、ということ。

これまでも、[redacted]大統領はいくつかの組織を『非人道的組織』に認定してきた。

例えば[redacted]反政府軍。

例えば、連邦共和国内で独立を主張していたいくつかの民族。

彼らは皆共和国軍の激しい攻撃を受け、大きな被害を被（こうむ）った。

そして今回——〈天命評議会〉が、その標的となっている。

「……っ!」

反射的に、スマホを引っ掴んで日和に電話をかけた。

この時間帯、繋がる可能性は低いけれどいてもたってもいられない――。

長々とコールが続いて、やっぱり通話は無理かと諦めたところで、ぷつりと音がして電話が繋がる。

『……も、もしもし?』

「もしもし!? 日和か!?」

『うん……びっくりしたあ。珍しいね、深春くんがこんな時間にかけてくるなんて……』

「ご、ごめん……。まずかったか?」

『ううん。大丈夫、もうわたし、部屋に戻ったから……』

「そっか、ならよかった……あ、あの! ニュース、見たんだけど」

さっそく俺は、本題に入る。

「[redacted]大統領の……認定の件」

『……うん、あれねえ』

テストで悪い点でも取ったかのような、困り果てたような声で日和は言う。

『参ったよねえ……まあでも、今までも散々水面下でやりあってて、表に出したのは牽制の意味合いが強いと思うから……』

「そ、そうなのか……？」

意外と危機感の薄い日和の声に、肩すかしにあった気分になる。

「攻撃されたり、なんかその……そういうことはないのか？」

てっきり、そうなるのだとばかり思っていた。

この尾道に共和国軍が来て、空爆されたり市街戦になったり……。

最悪の想像ばかりして、背筋を凍り付かせていた。

もしかしたら、この街が——日和が攻撃対象になるのかもしれない。

けれど、

『基本的にはないと思う』

はっきりと、日和はそう言い切った。

『向こうまだ、多分わたしのこと見つけられてないし……。まあそんな感じで無茶に踏み込んでこない分、向こうに『お願い』しづらくて、ここまでこじれたんだけどね。……でもね、うん。大丈夫』

言い聞かせるように、日和は俺にそう言う。

『なにもないと思うし、なにかありそうになっても、なんとかするから……』

——なんとかするから。

その言葉に——強く違和感を覚える。

……そんなことなのか？

俺が望んでいたのは、日和から欲しかった言葉は、そんなものなのか……？

そんなのまるで——突き放されてるみたいじゃないか。

思い出すのは、ほんの少し前。まだ日和が、天命評議会のリーダーだと知る前のこと。

あの頃の俺は……間違いなく、日和の隣にいた。

付き合う前はクラスメイトとして、付き合い始めてからは彼氏として、彼女のすぐそばに立てている実感があった。

けれど——今はきっと、違う。

心のどこかで、俺は彼女を遠い存在だと感じ始めている。

世界に関われる存在になりたいと思いつつ、狭い部屋から動き出せない俺。

それに比べて、日和は天命評議会として、事実世界を動かし一国の大統領とさえ渡り合っている。

——知れば知るほど、彼女が遠くなる。

——近づこうとすればするほど、壁の厚さを感じる。

俺と日和の距離は——とんでもない速度で遠ざかりつつある。

『……あ、ごめん！　リビングから呼ばれてる……！』

日和がスマホの向こうで、切羽詰まった声をあげる。

『もっと深春くんと話したかったのに……ごめんね』

「ああ、いいんだよ。ごめんこっちこそ、急に電話して」

『ううん。うれしかったよ。……じゃあ、おやすみ、また明日』

「うん、おやすみ」

そう言い合うと――電話が切れる。

俺はスマホを耳から離すと、ディスプレイに表示された文字を。

彼女の名前を、ぼんやり眺めていた――。

通話終了：葉群日和

＊

――そして。

俺と日和、二人の関係は、翌日あっさり終わることになる――。

# 第4話 —— 消えて

――部屋の窓から、朝日が昇るのを眺めていた。

まだ目を覚ましていない街。

人一人いない通り。

ちらちらと陽光を反射する波。

妙に早い時間に目が覚めてしまって、かといってもう一度寝ることもできそうになくて。

俺はパジャマのままぼんやりと尾道の町を、その向こうにある向島を眺める。

「……結構寒いな」

――例えば、と思う。

日和が言うように――世界が終わりたがっているとして。

日和が、それを『お願い』でなんとか食い止めているのだとしたら――。

一体俺は、彼女にとってどんな存在であればいいんだろう。

――なにも知らない、気楽な彼氏でいればいいのか。

――全力で支える、頼れる彼氏でいればいいのか。

――すべてを受け止める、寛容な彼氏でいればいいのか。

きっと、どのあり方も間違いではないのだと思う。

知らないでいるのも、支えるのも、すべてを知るのも、きっと等しく誠実で、等しく苦痛が伴うんだろう。

「……でも」

と、気付けば俺は声に出している。

でも、本当は、必要なのはそんな存在じゃないのかもしれない。

彼女のそばにいること、対等であること。

それはもしかして、もっと別の形でこそできることなんじゃないか。

なんとなく、そんな気がし始めていた。

そして——俺は。

俺自身は日和にって——どんな俺でありたいんだろう。

考えてはみるけれど、すぐに答えは出てくれそうになくて。

けれど、こうして淡く光に照らされている街を見ていると、どうしても日和の顔が頭に浮かんで。

「お願いは……絶対、か……」

俺は一人でぼんやりと、三畳の狭い部屋で考え続けていた——。

＊

「――おはよう、頃橋くん！」

「おう、おはよう」

いつものように遅めの時間に登校してきた日和に、いつものように挨拶を返す。

彼女は机に鞄を置くと椅子に腰掛けながら、

「今日は結構涼しいね！　もうわたし、このまま永遠に暑いんじゃないかって気がしてたから……なんかびっくりだよ！」

「ああ、わかる気がするな」

ほほえみ返しながら、俺も彼女にそう答えた。

「もう五月くらいからずっと暑かったもんなー。そろそろコートとか用意しないと」

「ねー。一気に寒くなりそうだし！」

――昨日からの不安は、今も消えていなかった。

先がどうなるかはわからないし、彼女を遠く感じるのも変わらない。

むしろ、こうして日常が戻ってきた分――これまで以上にはっきりと、俺はその苦しさを胸に感じていた。

けれど——そんな風に思っているのを悟られたくなかった。

日和に非はないのだと思うし、心から応援したいとも思っている。

こういう時間を大切にしたいのも事実だ。当たり前の会話を続けていれば、いつかまた彼女を近くに感じられるかもなんて期待もある。

だから俺は、何事もなかったよう『これまでどおり』に。

ごく普通の『彼氏』の表情を日和に向けていた——。

「……ていうか頃橋くん」

と、日和は周囲を見渡してからちょっと声を顰める、

「この間……牧尾さんと、話したんだって……？」

「……ああ、うん」

飛び出した名前にちょっとぎくりとしながら、俺はうなずいた。

「日和がどうしてるのか知りたくて、ちょっと無理して声かけたんだ」

「へえ、そういう経緯だったんだ……」

なんだか不満そうな口調の日和。

……どうしたんだろう。やっぱりあれ、まずかっただろうか。組織内で問題になっていたりするんだろうか。

ヒヤヒヤしながら次の言葉を待っていると、

「……なんかさー、めちゃくちゃいじられたよー」

唇を尖らせ、日和は言う。

「え、いじられた？」

「うん……。牧尾さんに、わたし達のこと……。なんか……良いヤツじゃん、よろしくやれよー！　みたいな……」

「……ああ、なるほど」

よかった、別に問題になったとかそういうことではなかったらしい。

しかも、

「……よろしくやれよ、か」

なるほど、確かにあの人が言いそうな台詞だ。

あの軽薄な表情で、口調で「うぇーい、よろしくやれよー！」なんて笑うところが簡単に頭に浮かぶ。

……うん、なんだか想像したら、少し気が楽になった。

気負いが取れて不安も薄れて……気付けば俺は、ちょっと笑ってしまっている。

けれど、日和は不満げな顔のままで、

「ていうか、今日もあの人が監視役なんだけど、さっきからからかうメッセージが何度も届いてさー……。あ、またきた……」

言って、スマホをちらりと確認する日和。

「組織って、そんな普通にライン来たりするのかよ」

「うん、基本は業務に関することだけのはずなんだけど、頃橋くんに会って以来、あの人結構雑談みたいなの送ってくるんだ……」

「……へぇ」

何やら返事を返しているらしい日和。

その手元に視線をやると——やりとりしている文面が目に入った。

『——もしや、今もいちゃこらしてんのか!?』

『——あんま学校で見せつけすぎるなよ！』

『——ちな、あいつのどういうとこが好き？』

並んでいる、牧尾さんのそんな発言達。

なるほど……こんなのがずっと送られ続けてくるのはなかなかにやっかいだ。

さらに俺は、やりとりの中にこんな発言があるのを見つけてしまう。

『——今日こそチューしちゃえよー！』

——心臓が跳ねた。

……チュー。……チューって……。

そんな直接的なこと、あの人日和に言ってるのか……。

でも……そうか。

俺が卜部に言われるように、向こうは向こうで周りの人とそういう話をしてるんだな……。

そんな俺の動揺に気付かず、

「……もう、あの人は……」

恥ずかしげにそそくさとスマホをスリープにし、鞄にしまう日和。

「あ、頃橋くんは気にしないで！　本当に大したやりとりはしてないから！」

「お、おう、わかったよ……」

「ほんとに、あの人はもう……」

「……」

「……」

なんだよ牧尾さん……！

なんかこっちまで気まずい感じになっちゃったじゃねえか……！

……そりゃまあ、俺だって。キスくらいしてみたいなとは思っている。エロいこととかなると話は別だけど、それくらいならまあ……日和も許してくれるんじゃないかという気もしている。

けど、そういう風にいじられると余計やりづらくなるのだ。

卜部と言い、なんなんだろう。なんでみんな、そんなにけしかけたがるんだろうな……。

「……というか、あの人組織でも本当にそんな感じなんだな」

恥ずかし紛れに、俺はむりやりそんな話を切り出す。

「せめてもうちょっと、お堅い感じで仕事してるのかと思ってたけど」

「ううん、ずっとあの人あんな感じだよ。チャラいっていうか、軽いっていうか……」

困ったように息を吐き出す日和。

けれど、彼女はその目をうれしげに細めると、

「でも……それはそれでわたし、うれしいんだけどね。仕事、大変だし……ムードメーカーがいないと、やっぱり暗くなってっちゃうからね……」

……確かに、そんなものなのかもしれない。

天命評議会の活動は、誇張でもなんでもなく世界を左右する。

だとしたら、緊迫した場面をあんな風に緩めてくれる人の存在も、大切なのかもしれない。

「だからまあ……大事なメンバーだよ。こういうのは、本当にやめてほしいけど……」

「……そっか」

そう言う日和の口調に。

緩んでいるその口元に、俺は彼女の牧尾さんへの信頼を感じ取って——なんだか素直に、ほ

ほえましい気持ちになる。

*

——それ以降も、本当にごく普通の一日だったのだ。

一時間目の授業も二時間目の授業も何事もなく終わって、クラスで事件が起きることもなく、平和そのものだった。

銃声のひとつも、ガラスの割れる音さえも、この耳には届かなかった。

そして——それが起きたのは、三時間目、現文の授業を受けている最中だった。

がたり、と隣の席から音がして、ふいに、日和が椅子から立ち上がる。

ちょうど、先生が『山月記（さんげつき）』について解説しているタイミングで、

「……どうしました？」

彼女の突然の行動に、現文教師は目を丸くした。

「なにか、ありましたか……？」

けれど、日和はその質問に答えず、

「——みんな、今からわたしの言うとおりに行動して」

瞬間──その場にいる教師、生徒すべてが日和の方を向く。

飼育係に餌を掲げられた動物達みたいに、あるいは全体主義国家の集会みたいに、口をつぐみ耳をそばだて彼女からの指示を待つ。

そして日和はそんな彼らに、

「全員、教室の隅に集まって身体を低く保って。スマホで外部と連絡は取らないように。これから起きることは、他言無用です」

俺を含め、教室にいた全員が無言で教室後方に集まった。

そして、全員が中腰になったところで、

「──それから」

日和は端的に言葉を続けた、

「今後──危険を感じたら、みんな自分の命を守るために全力で行動して。そのためには、わたしの指示を無視して構いません」

真剣な表情で、その話を聞いているクラスメイト達。

同じように、ごく自然にそれに従いつつ──けれど俺だけは、日和が『お願い』を使っていることをはっきりと理解していた。

「……ど、どうしたんだよ」

わけのわからない彼女の行動に、混乱しながら俺は尋ねる。

「他言無用とか、命を守るためにとか、なにが起きてるんだよ？」

普段の日和からは思いもよらない、緊迫した表情。

背筋は伸び目つきは鋭く、声は張り詰めている。

きっと——なにか非常事態が起きている。

「……そっか、気になるよね。——深春くん以外は、ここから先の説明を聞かないで」

そう前置きしてから、日和は小さく唇を嚙み、

「——一階に、どこかの国の特殊部隊が侵入したみたい。もう、生徒のいた教室は全部占拠されてる……」

「……は？」

特殊部隊？　占拠？

「それは……今、この学校での話……？」

「うん。評議会のスタッフから連絡があった。山の方から近づかれて、気付けなかったって」

と、彼女はポケットからスマホを取り出し、手早くそれを操作すると——画面をこちらに向ける。

そこには、学校の周囲からだろう、いくつかのアングルから撮られた動画が開かれていた。

望遠で教室内を映したそこには——確かに彼女の言うとおり、怯えた様子で教室の隅に固まっている生徒、教師の姿がある。

そして彼らを制圧している——数人の男達。

黒いヘルメットにゴーグル、マスク。

全身を迷彩柄の戦闘服で包み、その手に武器を——おそらく、アサルトライフルを持った、特殊部隊の人間。

「……う、嘘だろ」

ゲームでもないとお目にかかれないその状況を、俺は上手く飲み込めない。

その景色が現実なのだと、感じることができない。

「そ、そんな気配、全然なかったのに……」

「そりゃ、途中でバレるわけにはいかないからね。何百人も人がいる建物に侵入するんだもの。物音には細心の注意を払うよ」

「そ、そうなのか……でも、なんでこの学校を……どうして、こんな……」

「目的は多分……わたしの拘束（こうそく）だね」

言って、日和は悔しげに唇を噛んだ。

「拘……束？」

「うん。このところ、そういう動きは何回かあったから。どうも、評議会にいる誰かが、その活動のキーになっていることに向こうも気付いたみたい。で、実際捕まえて、仕組みを吐かせたいんじゃないかな……」

……仕組みを吐かせたい。

さらっと日和は言ったけれど、そのためには一体どんな乱暴な扱いを受けるんだろう。

こうして学校を占拠するようなヤツらなら、とても人道的な方法が取られるとは思えない。

そして――吐かされたあとにどうなるか。理屈だけで考えても、最悪の未来しか思い浮かばなくて……気が遠くなりかける。

「ただ……わたしがなにがしかの能力を持ってる可能性があるのは、向こうも気付いてるから……拘束作戦の実行場所を、沢山人質を用意できるこの場所にしたんだと思う」

そして、日和は一瞬視線を落とし、

「……みんな、ごめん」

「どこのやつらだ……？　連邦共和国？」

その可能性が高いように思う。

今、一番〈天命評議会〉を敵視していて、なおかつ部隊を送ることができるような集団。その筆頭格は、きっと連邦共和国だ。

　ただ、日和は小さく首を振り。

「そうとは限らないかな。確かにライフルは、AN—94っぽいけど……。今、評議会本部から情報が来てる」

　無線イヤフォンでもしているのか、彼女は耳元に手をやりしばらく黙り込んで、

「……なるほど」

　と小さくつぶやいた。

　そして、ほっとしたような笑みを浮かべると、肩の力を抜きこちらを向いた。

「あの人達、言葉で意思疎通してる様子ありだって。言語もわかった」

「……どういうことだよ」

「つまり——」

　と、日和はその顔に自信を覗かせ、

「——わたしの能力の内容までは、気付いていないってことだよ」

「……ああ、そ、そうか。そうなるのか」

　日和の使える『お願い』は、ほとんどの場合本人の言葉という形で相手に植え付けられるよ

うだった。言葉で意思疎通している、ということはつまり、彼女の前で丸腰であるにも等しい状態なわけで――、

「安心して、深春くん」

言うと、日和はその顔に余裕の笑みを浮かべ――、

「――勝てるよ」

――確かに、日和の『お願い』が通じるならなんとでもなる。ここからの行動次第で、ほとんど被害を出すこともなく彼らを追い返すこともできるんだろう。

ただ――、

「それは……よかった」

そんな風に口では言いながらも、俺は未だにこの現状に危機感を覚えることができない。

どこかで、日和の演技をぼんやり眺めているような感覚があって、自分が命の危機に晒されている実感が持てない。

「……まずは、校内の制圧だね」

そんな俺を置き去りにして、日和はスマホをいじり考える。

「どうするのがいいかな……校庭とか屋上から叫ぶか……。でもきっと、他にも控えてる部隊

はいる……」

――と、それを見ていた俺は。

彼女のつぶやきを聞いていた俺はふいに思い付く。

そういう状況なら――おあつらえ向きの施設が、この校舎にはある。

「――放送室は？」

日和がスマホからこちらに視線を移した。

「放送室なら校内と、校庭、近所くらいまで声を聞かせられるだろ？　しかも――場所も、この教室のすぐ近くだ」

俺達がいる二年四組の教室はこの校舎の三階、中程にある。

そして、放送室は――同じく三階の東端。

走って向かえば、数十秒もかからない。

「……さすが深春くんだね」

日和はスマホの画面を消すと、こちらにほほえんでみせる。

「確かに、あそこなら完璧だ。ありがとう」

……その言葉に、喜びがぽっと胸に宿った。

よかった、役に立てた。

俺は今、〈天命評議会〉リーダーに有益な情報を提供できた。

けれど——彼女はそのままくるりときびすを返し、教室を出て行こうとする。

「すぐに制圧できると思うけど、くれぐれも気を付けて。クラスのみんなとここにいれば——」

「——待ってくれ！」

反射的に、そう声をあげていた。

その場に伏せたまま。日和の『お願い』どおりの態勢のまま——それでも俺は主張する。

「俺も——連れて行ってくれ！」

「……深春くんを？」

「そうだ！　この『お願い』を解いて——俺も放送室に行かせてくれ！」

——もっと自分には、できることがあるような気がしていた。

確かに、実感は湧いていない。

他の評議会メンバーに比べれば、ずぶの素人かもしれない。

それでも、ここでほんの少しでも日和の力になりたかったし——なにもしなければ。

ここで俺が動けなければ、俺と日和の距離は広がっていくだけな気がしていた。

「ダメだよ」

日和はあっさりそう言って、首を横に振る。

「危ないし、わたしも深春くんを守り切る余裕があるかわからない。お互いのためにも、ここにいてほしい」

……彼女の言うとおりだった。

冷静に考えれば、どう見てもその判断は正しい。俺はここにいるべきだ。

「けど！」

と、俺はもう一度声をあげる。

俺には切り札がある。どうしても、俺を放送室に連れて行くべき理由がある――。

――交渉ができるはずだ。

「日和――機材の使い方わからないだろ？」

尋ねると――日和がその目を見開いた。

「放送、結構機械設定しないとできないんだよ。ミキサーいじって回線繋いで放送の範囲設定して、そういうのが必要なんだよ。俺、一年のとき放送委員だったからできるけど、日和にはできないだろ？」

じっと黙っている日和に。

そんな彼女に、俺はもう一度主張する――。

「だから――俺も連れてってくれ」

……日和は短くためらう表情を見せてから、諦めたように息をついた。

そして――、

「――深春くんは、自由に動いていいよ」

その言葉に――ようやく俺は、立ち上がることができるようになる。

彼女のそばに駆け寄ると、一度短く深呼吸し、

「……ありがとう。行こう！」

「……うん」

日和は、不安の隠しきれない様子でうなずいた。

「機材の調整、お願いします。それから――」

「――絶対に、生き延びて」

＊

二人で廊下に出ると――そこには、いつもどおりの学校の日常がある。

窓から差し込む午後の日差し。

ガラスの向こうにある、尾道の町と穏やかな瀬戸内海――。

まだ異変に気付いていないんだろう、周囲のクラスからは授業を進める声が聞こえていて

――俺と日和はそんな中、放送室へ向けて廊下を駆け出す。

教室から目的地までは、数十メートルほどしか離れていない。

本気で走れば、十秒もかからない距離だ。

それでも――心臓は今にも胸から飛び出しそうに高鳴っていた。

実感はない癖に、今も現状をどこか夢の中の出来事みたいに感じている癖に――身体だけは、正しく事態に反応している。

汗が噴き出し手は震え、口の中はからからに乾いていた。

そして、

「――よし、ついた」

放送室の前に到着した。

そして、その扉の取っ手に手をかけようとした瞬間、

黒い影が二つ――目の前に飛び出した。

黒いゴーグルに黒いマスク。

迷彩柄の戦闘服に身を包み、ライフルを装備した大柄な男――二人。

——特殊部隊の人間。

階段の陰に潜んでいたらしい——。

「——うわあああ！」

——突然の出来事に、思わず声をあげる。

弾かれたように後ずさり、その場にへたり込む。

相手は慣れた身のこなしで銃口をこちらに向けると——たどたどしい日本語で叫んだ。

「——ウゴクナ！　手ヲアゲロ！」

反射的に両手をあげ、抵抗の意思がないことを示した。

——しまった。読みが甘かった。

放送室にたどり着く前に遭遇（そうぐう）してしまうなんて——。

まずい、このままじゃやられる——。

——けれど、

「[redacted]」

——日和が、一言なにか放った。

凛（りん）とした声。聞いたことのない、外国の言語——。

瞬間――、

「……」

目の前の二人が、無言で銃を下げる。

さらに、

「[redacted]、[redacted]」

日和の続けた言葉に彼らはライフルを捨て、所持していた拳銃、アーミーナイフまで放棄した上……ゴーグルとマスクさえ取り去り、その顔を露わにした。

――中東系の、男性だった。

真っ黒なフェイスペイントがものものしい……三十代中盤くらいの男性達。

けれど、彼らの表情に戦意や敵意はなく、穏やかな面持ちで日和を見ている。

「[redacted]、[redacted]」

震える足で立ち上がる間にも、日和はさらに二人になにか告げる。

すると――彼らはヘッドセットを短く操作しマイクを日和に向けた。

そこに向かって、なにか話しかけ始める日和。

――その異様な光景に。

本来ありえないはずの展開に、全く理解が追いつかない。

「……なにを、したんだよ」

彼女がマイクから口を離したところで、俺は日和に尋ねた。

「この人たちに……なにを『お願い』したんだよ」

「武装解除と、あと、指揮系統にも回線を繋げてもらったよ」

「……指揮系統？」

「うん、この人たちに指示してる本部に。こっちの様子は装備してるカメラで丸見えだっただろうし、映像広められる前にちゃんと抑えたくて。もうそっちは『お願い』で制圧してあるから、あと問題なのは校内にいる残りの人たちだけ」

言って、日和は放送室にちらりと目をやり。

「ただ……ヘッドセットでそっち全体に声を届けるには、部隊構成上ちょっと時間がかかりそうで。やっぱり放送でやっちゃう方が早いし確実そうだね」

「……」

——その言葉を、上手く飲み込めない。

敵と出会って一分足らずのうちに、彼らを無力化した。

そのうえ——ここから離れた場所にあるであろう、指揮官達の意思まで掌握(しょうあく)した。

……数秒かけ、彼女の説明がようやく飲み込める。

彼女はこの短時間で、あっという間に状況を有利にした――。

――はっきりと、俺は高揚を覚えた。

本当に――こんなのチートじゃないか。

ゲームのバランスを壊す、めちゃくちゃな能力じゃないか――。

改めて感じた『お願い』の強力さ。胸がかっと熱くなっていく。

「あと、この人たちにはついてきてもらうね。校内制圧したあと、色々情報を聞き出したいから」

「お、おう……！」

うなずくと――日和は放送室の前に立ち、扉を開ける。

そして、こちらを振り返り、いつものような表情で笑ってみせた。

「――じゃあ深春くん、機材の調整、お願い」

＊

――聞け。

――この声を部隊全体に共有しろ。

――武装を解除しろ。

——外部と連絡を取るな。

——校庭に集まれ。

放送室から彼女がしたお願いは、そんな内容だったようだ。

それに従い装備を解いた特殊部隊のメンバーが、ぞろぞろと校庭に集合し始めていた。

窓越しに確認する限りでは……その人数は、二十名に満たないほどだろうか。

内訳としては中東系の男性がほとんど、時折アジア人やその他の地域の人の姿も見える。

さらに、日和は校内の生徒、教師達にも『お願い』を続ける。

「——今日の出来事は、他言無用です。すべて忘れ、避難訓練があったものと記憶してください。すでにSNSなどに書き込んだ人は、冗談だったと追記。それでもごまかせそうにない場合は、こちらで対処するので——」

その間に——放送室に、何人かの日和の側近達がやってきた。

先日、コンビニでも彼女の横に立っていた初老の男性を筆頭として、真っ黒に武装をしたメンバーが、十人足らず。

彼らは日和の『お願い』で従順になった特殊部隊メンバー二人に、残りの構成メンバーや組織スタッフの人数、どこからの指示でこうしているのかを確認しているらしかった。

そして俺は——そのすべてを目の前で見ていた俺は。

ゲームで圧倒的勝利を収めたときのような、高揚感を覚えていた。

——すごい。

——本当にすごい。

どこかの国の特殊部隊を、日和とその仲間達は一瞬で圧倒してしまった。

さすが——〈天命評議会〉だ。そこらの組織とはわけが違う。

この人たちなら……本当に、世界を変えられるのかもしれない。

『お願い』の力で、日和の願う世界を実現できるのかもしれない——。

「——どうだった？」

校内への放送を終え、日和が評議会スタッフに尋ねる。

「まだ、残ってる戦力はいそう？」

「……一人、連絡の取れないスナイパーがいるようです」

壮年男性が、言いにくそうに日和にそう答えた。

「この向かいの斜面、千光寺山荘(せんこうじさんそう)のそばに配置されていたようなのですが、制圧後の司令部から出された作戦中止の指示に違和感を持ったらしく、混乱したような反応を見せてその後連絡がないようで」

「……お願いも、効いてなさそうだね」

「かと思われます。GPSで確認する限り、同じ場所に留(とど)まっているようなのですが」

「千光寺山荘のそばか……」

言って、日和は窓の外に目をやる。

「……すぐそこだね。その一人を抑えれば終わりなら……叫んでみようか、きっと声が届くと思うけど」

「少々確度が低いかと。風も出ていますし、葉音に掻き消されるかも知れません」

「そっか、どうしよう」

「……ああ、じゃあ」

と、俺はふと思い立ち、放送室内の片隅。置いてあった備品箱を漁る。

そして、あるものを取り出すと、

「——これを使えば、声が届くと思います！」

言って——彼らにあるものを差し出した。

*

「——よし、行こうか」

校舎屋上に出る扉の前で。

日和は俺に渡されたそれを——『拡声器』を手に、こちらを振り返る。

――話を聞いていて、思い出したのだ。

以前、集会中に拡声器を使ったところ、うるさすぎると民家から苦情が来たこと。

それ以来、フル出力でそれを使うのはためらわれるようになり、徐々に使用機会も減って、備品箱の中で埃を被るようになっていたこと。

当時は「このまま廃棄だろうな」と思っていた。

けれど、今はまさに、ちょっと強力すぎるその拡声機能が役に立つ。向かいの山くらいまでなら、確実に日和の声が届くはずだ。

――作戦はこうだった。

評議会スタッフがバリスティックシールド（防弾盾のことらしい）で日和の周りをがっちり囲む。

その陣形を保ったまま屋上の端、スナイパーのいる位置の近くまで移動。

そこから拡声器で武装解除と投降を『お願い』し、相手が校庭に現れたら作戦終了だ。

この方法なら、日和を危険な目に遭わせることなく相手に『お願い』を伝えることができる――。

「じゃあみんな、よろしくね」

日和がシールドを持った八人の面々にほほえみかける。

「できるだけ早く終わらせるから、ちょっとの間防御をお願いします」

無言でうなずくメンバー達。

その落ち着きが、今の俺にはとても頼もしい。

そして日和は——俺の方を向くと。

「……もうすぐで、全部終わるから」

気遣うように穏やかな言葉で、そんなことを言う。

「もうちょっとで普通の学校が戻ってくるから……ここで、落ち着いて待っててね。くれぐれも、顔を出したりしちゃダメだよ？」

「……わかってるって」

彼女を心配させないよう、俺ははっきりとうなずいてみせた。

「日和に迷惑はかけないよ。そっちこそ、本当に気を付けて」

「うん……。あ、みんなにも一応お願い。——深春くんになにかあったら、助けてあげてね」

シールドを持った面々が、もう一度静かにうなずいた。

それを安心したように眺めると、

「じゃあ——行ってくるね！」

日和は彼らに連れられ、屋上に向かって歩き出した。

＊

——最初のうちは、拍子抜けするほど順調だった。

三百六十度、周りすべてをシールドに囲まれ、日和はゆっくりと屋上を歩いていく。

評議会スタッフ達の動きは統制が取れていて、並べられたシールドにはほとんど隙間もない。

いくらスナイパーと言えども、この配置で日和を攻撃することはどう考えても不可能だ。

——けれど、

——シュパンッ！

乾いた音が一度して、状況が変わり始める。

「——撃ってきましたね」

俺と同じく校舎内、屋上出口の手前で待機していた壮年男性が、つぶやくように言った。

そして、彼は頭につけていたヘッドセットに向かって、

「——スナイパーの攻撃が始まりました。想定どおりの方角です。攻撃は続くと思われるので十分警戒を」

と緊迫気味に伝える。

その言葉のとおり――銃弾がこちらに何発もたたき込まれ始めた。

ある弾は盾に弾かれ、ある弾は屋上の床に穴をうがち、ずいぶんと狙いが安定しない。

そして俺は――そんな中じわじわ移動し続けるシールド達を、唇を噛みじっと見つめた。

――銃弾に、『お願い』は効かない。

放たれたそれが日和に当たれば、当然に彼女はダメージを受けるし最悪命を落とす。

シールドに守られているとは言え、その可能性がゼロじゃない状況に、鼓動は加速し全身に汗が滲む。

それでも――日和達はじわじわと前進し続ける。

牛歩のような遅さで、それでも確実に相手に近づいていく。

そして……あと少しで拡声器使用予定位置。

「あと三メートル前方です」

と、壮年男性がヘッドセットにそう報告したタイミングで、

――チッ！

「――グアッ！」

何かのかすれるような音とともに――シールドを持っていたスタッフが声をあげた。

――その場に崩れ落ちる、陣形の左端担当スタッフ。

脚を押さえるその手の隙間から、真っ赤な血が流れ出ている。


――撃たれた⁉

――シールドがあるのになんで⁉


「――跳弾(ちょうだん)ですか⁉」

「のようですね。すり抜けたんだ……！」

隣で評議会スタッフがそんな話をしているけれど、俺には意味がわからない。

そんなこと以上に――陣形が崩れた。

並べられていた盾に、隙間ができた――。

そこから見える、日和の横顔――。

その光景に――全身の血が沸(わ)き立った。

――まずい、無防備だ。
あそこから――日和を狙うことができてしまう。

水を得たように、もう一度銃弾の音が響き始める。

——冷静さが、そこで失われた。

焦りと混乱と熱に、頭が支配された。

一人欠けたところで、シールドを持つ人員は七人もいるんだ、フォローはいくらでもできたのかもしれない。

けれど——立て直す間にも、彼女が狙われるかもしれない。

最悪のイメージが頭の中にフラッシュしまくって——身体が自然と動き出した。

「——日和！」

——シールドを拾おうと考えていた。

転がったそれを手にして、そのまま彼女を守る一団に加わる。

距離はそう離れていない。

ほんの数秒で済むことだし、その短い時間でスナイパーが俺を撃てるはずがない。

地面を蹴って、彼女とシールドの方へ向かう。

屋上の入り口を抜け、嘘みたいに青い空の下に出る。

——瞬間。

日和が振り返り——必死の形相で叫んだ。

「――ダメ！　深春く――」

――視界で、赤が飛び散った。

顔に、身体にぱたぱたと雫が降りかかる。

真っ赤でぬるりとして暖かくも冷たくもない――それ。

そして、砂袋の落ちるような音とともに……一人の評議会スタッフが、俺の目の前に崩れ落ちた。その胸からは、俺に降りかかったものと同じ、真っ赤な液体が止めどなくあふれ出している。

――一瞬、わけがわからない。

なにが起きた？　なぜ、この人は負傷している……？

けれど――日和の方を見て、気が付く。

六人のシールドを持ったスタッフ、日和本人、脚を負傷したスタッフ。

日和は悔しげな顔で、自分の選択を悔やんでいるような顔で、こちらを見ていた。

もしかして、この人は……今目の前で倒れているこの人は。

——俺を助けるために、身代わりになったのか？

「——■■■■」


最悪の予感に身震いする俺の耳に——拡声器越しの日和の声が聞こえる。

まだ屋上の予定位置には届いていない。

それでも——一刻の猶予もないという判断だったのかもしれない。

そして、それを機に攻撃がぱたりと止んだ。

校舎から飛び出してきたスタッフが、ぼう然とする俺、俺を守ったスタッフ、脚を負傷したスタッフを校内に引きずり込む。

そして——手当の作業が始まった。

ケガの部位を確認するためか、負傷者達が戦闘服を脱がされる。

脚をケガしたスタッフは——大丈夫そうだ。立ち上がることはできない様子だけれど、意識ははっきりしているし止血も行われる。

けれど——もう一人は。

俺を守ったスタッフは——胸の上の辺り。

そこに空いた穴から血を止めどなく溢れさせていて……周りのスタッフの慌てように、ばたばたとしたその対処に、俺はどうしようもなく察する。

——死んでしまうかもしれない。

このスタッフは、俺を守ったせいで、命を落としてしまうかもしれない——。

そんなタイミングで、そばにいた誰かがその男性のゴーグルとマスクを外した。

そして、その下にあった顔に——見覚えのある人なつっこい顔立ちに。

——俺は、全身に寒気を覚える。

「……牧尾さん」

——彼だった。

あの日——俺に日和の現状を教えてくれた。

自慢の妹の話をしてくれた、彼だった——。

身体中から、力が抜けていく。

自分のしてしまった取り返しのつかないことに、舌の根がからからに乾いていく。

あの日、人好きのする笑みを浮かべていたその顔は、蠟(ろう)人形のように青ざめ始めていた——。

「――スナイパー、投降したよ」

背後で日和の声がした。

「これで部隊は全員抑えた。あとは片付けをするだけ……牧尾さんの状況は？」

その問いに――端的な日和の質問に。

初老の男性は残念そうにじっと目を閉じると、静かに首を横に振った。

「……そう」

うっすらと、ほほえむように目を細めると――、

「……わかりました。ここからは、わたしに任せて」

――彼女は牧尾さんの傍らにしゃがみ込む。

そして、どんどん血の気が失せていくその顔を覗き込むと、

「牧尾さん……聞こえる？」

「……聞こえ、るよ……」

牧尾さんが――声をあげた。

ほとんど吐息のような、酷くかすれた声。

「そう、よかった……。無理に声を出さなくていいよ、わたしがお礼を言いたいだけなの」

そう前置きすると――日和は穏やかな顔のままで。

慈しむような柔らかな声で、彼にこう言った――、

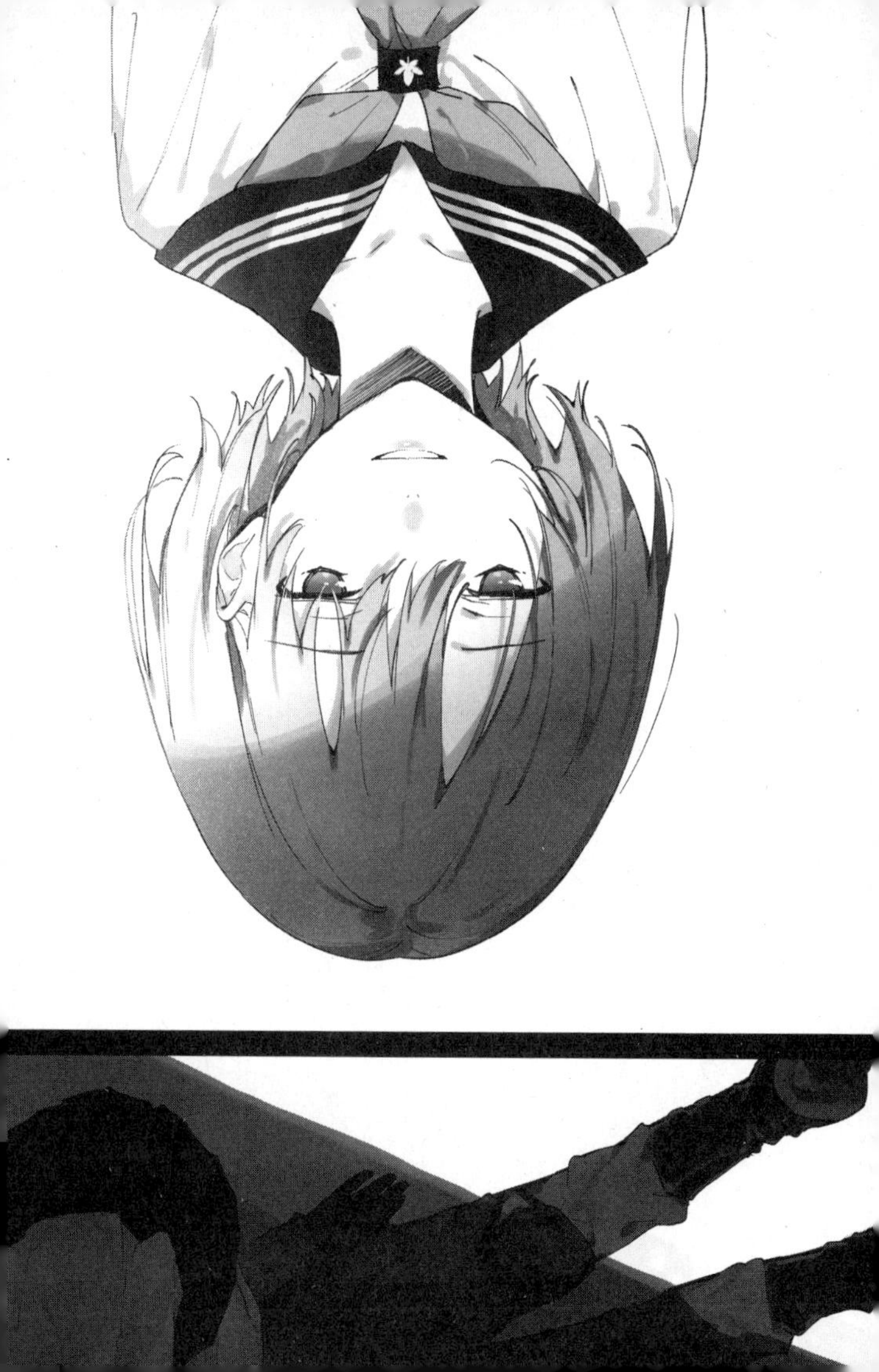

「――生涯最高の幸福を感じてください」

――その言葉に。

牧尾さんの表情が、ほんのわずかに緩んだ気がした。

「……ありがとう、牧尾さん。わたしの防御を買って出てくれて。自分の身を呈してまで、彼を助けてくれて……」

「……こっち、こそ。あり、がとう」

日和の言葉に、牧尾さんが消え入りそうな声をあげる。

「生きてきて……生まれてきて、よかったよ。ほ……んきで、今、そう思う……」

どこかうわごとのような、夢を見ているような牧尾さんの声。

『お願い』が、効いている――。

今彼は日和によって、生涯最高の幸福を感じてる。

これはつまり――日和からの、終末ケアなのだろう。

最後を迎える前に、せめてもと与えられた無条件の幸福――。

そして彼は、

「――日和ちゃんの……役に立てた。彼氏、守れた……。それだけで、生まれて、よかった……」

その言葉に――強烈な違和感を覚えた。

生まれてきてよかった？

日和の役に立てたから……？　俺を、守れたから……？

――違う。

ちょっと待ってくれ。

牧尾さんは――そんな人じゃなかったはずだ。

この人は、妹が大事だったはず……。

妹のために努力をして、妹のために戦い、その延長線上に〈天命評議会〉があっただけ――。

断じて……日和を守るためでも、俺を守るためでもない。

なのに今彼はこの状況に……強い幸福を覚え、感謝すらしている――。

「……牧尾さんに会えてよかった。あの日、わたし達についてきてくれてありがとう」

「ああ、俺も……日和ちゃんに会えて……よかった」

「思えば……長い仲だもんね。牧尾さんが来てくれて、グループがすごく明るくなったもんなあ……」

「なら……よかった。俺……それしか取り柄ないし……」

――罵倒(ばとう)してくれれば、まだよかった。

こんなことのために生まれてきたんじゃない。

お前なんかを守るために生きてきたんじゃない。

妹のいるところで死にたかった――。

――そう言ってくれれば、まだ救われたんだと思う。

それは、最低限の尊厳のある死だ。

けれど今……彼はそうできなかった。

――『お願い』が、彼を、牧尾さんという人を歪めた。

それも――俺のせいで。

「――ゆっくり休んでね」

日和が――そう言って牧尾さんの頬を撫(な)でる。

「わたしも、いつかそっちにいくから……もうちょっとだけ待ってて」

牧尾さんが、静かに目を閉じる。

そして彼はもう二度と、その目を開けることがなかった――。

——日和は、一粒だって涙をこぼさなかった。

＊

——生徒達が記憶を消され、緊急の避難訓練があったと思い込まされて帰宅し。

特殊部隊達も〈天命評議会〉に連れられ、どこかへ去っていったあと——。

「——遅くなってごめんね……」

すべての終わった教室に、日和がやってきた。

「結構待たせちゃったよね……ごめんね。でも、どうしても話したいことがあって……」

窓から差し込む夕日に照らされ、彼女は蜂蜜(はちみつ)色に染まっている。

その言葉どおり——俺は彼女を待っていた。

今日のことを色々話したいと。どうしても伝えたいことがあるから、待っていてほしいと言われ——一人で席に腰掛けていた。

「……ごめんね、今日は色々と……」

俺の隣、日和もいつものように椅子に座り、俺の顔を覗き込む。

「びっくりさせたと思うし……ショッキングなことも、色々あったと思うし……」

彼女の言葉には——これまでになく気遣いを感じた。

いつもはゆるりと穏やかな彼女の、細やかな配慮を感じる言葉選び。

けれど、

「……いや、大丈夫」

俺は短く、そう答えることしかできない。

その反応に、なんとなく心境を読み取ったんだろう、

「……あのね」

日和は、身体ごとこちらを向き、はっきりとこう言う。

「彼の件は——牧尾さんの件は、わたしの責任です」

それは……本心からの台詞のようだった。

慰めでもごまかしでもない、日和自身の考え。

「あの人が深春くんを守ったのは、わたしの『守って』っていうお願いがあったからです。それがなければ、あの人は死ななかった。深春くんが、わたしを守ろうと飛び出してくれたのも、決して判断としておかしくありません。あのときスナイパーは、わたし達に自分が混乱していると思わせるため、めちゃくちゃな撃ち方をしていた可能性が高いの。実際、深春くんが飛び出した途端に、そっちを狙えて撃てた。もし深春くんがそうしなければ——わたしが撃たれていたかもしれない……」

「そう……なのか？」

ほんの少しだけ、日和の言葉には救いを感じる。

目の前で、人が命を落としてしまったショックは未だに消えない。

彼の血液の生温かさも、嘘みたいに青くなった顔も、未だに脳裏に焼き付いて薄れてもくれない。

彼自身の、元気なときを目にしていたからなおさら——。

それでも、俺自身の判断が間違っていないのならば。

あそこで動き出さなければ、日和が撃たれていたのかもしれないならば——ほんの少しだけ、自分が犯した罪が、許されるような気がした——。

「うん……だからね、本当に、そんなに自分を責めないでほしいの」

自分の言葉が俺に効いたことに気付いたのか、日和は少しだけ表情を明るくする。

「むしろ、今日は深春くんがいなかったらどうなってたことやら……。放送室に行くなんて思い付かなかったし、行っても放送もなにもできないし……拡声器なんてアイデア、わたし達じゃ絶対出なかっただろうし……」

言って、日和はくすくす笑う。

その表情に、もう一度気持ちが緩んだ。

そうだ……確かに今日、俺は少しは役に立てたはずなんだ。

もちろん――今日のことは一生覚えていなきゃいけないと思う。

牧尾さんが亡くなった。

俺の気持ちを楽にしてくれた彼が、俺を守るために命を落とした。

彼の存在は決して忘れてはいけないし、罪の意識だって失っちゃいけないと思う。

俺は――人の犠牲の上に生きている。

それでも、俺の行動は間違いではなかった。

日和を助けることができたのは、つまり天命評議会を救えたってことで、それは世界にとってプラスだってことで――。

俺は、ほんの少しだけ世界に貢献することができたんだ。

そのことだって、きちんと俺は理解しているべきだ。

「……なら、よかったよ」

ようやく、笑顔を見せることができたと思う。

「ずっと、日和の仕事のことは気になってたから。力になれればって思ってたから……」

「なったなった！　もうすんごく力になってくれたよ！」

俺の両手をぎゅっと握り、日和は力説する。

「つらい思いもさせちゃったかもしれないけど……うん、本当に、必要なことだったと思うの！　どうか、自分を責めすぎないで……」

「……わかった」

うなずいて、未だに胸に残る痛みをぐっとこらえながら、俺はもう一度笑みを作る。

「そうできるように頑張ってみるよ……」

「うん。ありがとう……」

ようやく安心した様子で、日和はふうと息を吐いた。

と、日和はふいに思い付いた顔になり、

「……そうだ！」

そんな声をあげながら椅子から立ち上がる。

そして、

「その辛さ――消そうか？」

――名案！　とでも言いたげな笑みで、俺にそう言う。

「……は？」

けれど俺は、そんなマヌケな声しか出すことができない。

「辛さを……消す？」

「うん！」

テストの点でも誇るように、日和は胸を張ってうなずいた。

「『お願い』を使うんだよ。それで、今日の記憶とか達成感とかそういうのは色々残したままで——」

そして、彼女は俺の顔を覗き込み、

「——深春くんの中の『辛さ』だけを消すの！」

その言葉に——。

ようやくわかり始めたその意味に——脳がじんと痺れた。

「あのね、やっぱりわたし、今日のことは覚えていてほしいんだ。深春くんがわたし達にしてくれたことを、忘れないでいてほしい。でも——その記憶が深春くんを苦しめるなら、そこだけ調整しちゃえばいいかなって——」

——『お願い』。

——俺達を絶対に従属させる、日和の『お願い』。人のあり方を根本から変えてしまう。

——その、強力な呪い。

そして日和は、小さくこほんと咳払い(せきばら)いして、

「ということで、ぱぱっとやっちゃうね。すぐ楽になるから——」

——そこで。

恐怖が弾けた——。

「——やめろぉおおお！」

椅子から転げ落ち——彼女から距離を取った。

お願いが聞こえないように、必死に耳をふさぐ。

「……ど、どうしたの？」

きょとんとした顔で、日和は尋ねる。

両手で耳にフタをしたところで、その声はどうしたってかすかに聞こえてしまう。

「——や、やめてくれ！」

気付けば俺は——そう叫んでいた。

「俺に……俺に、『お願い』しないでくれ……！」

——牧尾さんの、最後の言葉達を思い出す。

本当に大切だった妹について、一言だって触れることなく。

目の前の人々への忠誠だけを口にして、死んでしまった彼。

決定的に歪められてしまった、彼の人生——。

俺も――そうなるのかもしれない。

日和のお願いで、都合よく改変されて、俺が俺じゃなくなってしまうのかもしれない。

それは……初めての恐怖だった。

自分が書き換えられる恐ろしさ。それが今の俺には、死よりもずっと恐ろしいものであるとしか思えなかった。

手足が震える、最悪の予感に頭が真っ白になる――。

けれど――、

「……[redacted]」

――ぽつりとこぼした、日和の声。

それがあまりに苦しげで――思わず耳を覆っていた手を外した。

彼女は――俺の前に立ち尽くしていた日和は、その顔にうっすらと笑みを浮かべ。

この世に一人だけになってしまったような、寂しげな表情で――もう一度こうつぶやいた。

「――ごめん」

――反射的に、理解する。

ああ……俺は今――この子を傷つけた。

きっと、彼女の気持ちに――永遠に消えない、深い傷をつけてしまった。

「……そ、その」

恐怖が焦りに置き換わる。

口にした言葉の残酷さを、今さら少しずつ理解し始める。

「日和が悪いって、言いたいわけじゃないんだ。日和がしてることは、本当にすごいことだと思う！　本当に……本当に……」

こんなときに上手く言葉が出てきてくれない。

得意の理屈や説明が、全く思い付かない。

それでも――自分のつけた傷口を、少しでも小さくしたくて。

できることならなかったことにしたくて、俺はみっともなく言葉を続ける。

「ただちょっと、驚いて……そう！　驚いただけなんだ！」

「……ううん、深春くんが怖がるのも当然だよ」

日和は、けれどそう言って首を振る。

「わたしのこの『お願い』のせいで……沢山の人が死んだ。それ以上の人が助かったかもしれないけれど、わたしがいたせいで、死ぬはずがなかった人が死んだのは事実だよ。それだけじゃない……わたしは、多くの人の人生をめちゃくちゃにしちゃった。人を書き換えて、記憶を書き換えて、大切な過去をなかったものにした……」

そして、日和は小さく唇を嚙み、

「……本当に、ごめんなさい。深春くんを、それに巻き込んでごめんね」

そんな彼女に——俺はなにひとつ言えない。

彼女が抱えてきたもの、見てきた光景をほとんど知らない俺は——かけるべき言葉を持っていない。

「でも、それももう……終わりにしようか？」

「……終わり？　どういうことだよ？」

「わたしね……ずっと嘘をついてたの」

「……嘘？」

なんのことだかわからない。

少なくとも、俺には日和に嘘をつかれたような自覚はなかった。

日和は窓際に歩いていくと——日の沈みゆく尾道の町を、切なげに見下ろした。

「深春くんが、付き合おうって言ってくれたあの日。わたしね、深春くんに『お願い』使ってたの」

「……どんな？」

尋ねると、日和はゆっくりとこちらを振り返り——答える。

「——わたしと付き合ってって」

「……それ、って……」

——あの日の記憶が蘇る。

放課後の屋上で、俺は日和を振るつもりだった。

なのに、お願いのことを明かされて話しているうちに、気持ちが変わった。

日和と付き合おうと、そう思うようになった——。

「……まさか……日和、お前……」

「……あのときね、色々話してて、わたし気付いちゃったんだ。ああ、深春くんはわたしを振るつもりなんだなって」

「……どうしてわかったんだよ」

「だって、最初に告白した日に、わたしが『お願い』を使ってなかったことに、深春くんすぐ気付いたでしょ？　あれって——断るつもりだからだよね。OKするつもりだったら、『お願い』使ったのかもって思うよね……」

——それは、確かにそのとおりだ。

あのとき、もしも俺が日和と付き合うつもりだったのなら、俺は疑っただろう。

告白されたとき、この子は『お願い』を使ったんじゃないかと。

すでに自分の気持ちは、この子に書き換えられているんじゃないかと。

そう思わなかったのは――俺が、日和を振るつもりだったから。

「だからね――本当に、ごめんね」

日和は振り返り――大粒の雫を、その頬にこぼす。

「深春くんは……本当は、わたしのこと好きじゃないの。わたしは本当は、ただ深春くんに片思いして、フラれるはずだったの……。それを、わたしが、『お願い』で歪めた……」

「……ちょ、ちょっと待ってくれ！　それでも――」

「――でも！　でももう、終わりにしよう。全部、なかったことにしよう！」

「話を聞いてくれ！　俺はだとしても――」

「――聞いて！」

日和が俺の言葉にかぶせ、さらにこう続ける――。


「――『付き合って』というお願いを、もう忘れてください」

「――あの日から今日までの、彼氏彼女としての出来事を全部忘れてください」

そして彼女は――もう一度涙をこぼし、俺にほほえみかけた。

「――今この瞬間から、ただのクラスメイトに戻ってください」

「──……ん？　あれ？」

──ふと気付くと。

俺は放課後の──教室にいた。

いつもどおりの古びた部屋。チョークの粉の残った黒板に、漂っているニスの匂い。

どうやら時刻は……夕方らしい。窓から差し込む光は蜂蜜色で、ガラスの向こうの尾道の町も、ノスタルジックなクリーム色に染まっていた。

あれ……俺、なんだこんなとこに？

ていうか、なにしてたんだっけ……。

この感じだと……まさか授業中寝落ちして、放課後までそのままだったとか？

いや……その割に俺、立ってるしな。自分の二本の脚で、普通に立ってる。

なんか、気絶してたとか……？

そして、ふと気付くと。

「……葉群、さん？」

目の前に──クラスメイトの、葉群日和さんがいた。

水気を帯びた宝石みたいな瞳に、瀬戸内の日差しでちょっと焼けた頬。

肩に届かない髪が放課後の日差しにきらめいていて、口元はうっすらとほほえんでいて、首筋はハッとするほどに白く透き通っている。

彼女とは、席が隣同士という間柄だった。

時々話すことはあったし、彼女が教科書を忘れたときには見せてあげたこともあった。

でも——それだけだ。

クラスメイト以上、友達未満、とでもいうような微妙な仲。

と、彼女は小さく首を傾げ、

「……こんにちは、頃橋くん」

そう言って、どこか切なげに目を細めた。

その表情に——なぜだろう。俺は妙に、胸が苦しくなってしまう。

「う、うん……こんにちは」

この子のことは——同じクラスになった頃から、なんとなくかわいいなと思っていた。

目立つタイプではないけれど、ころころと笑う顔は無邪気で、誰にも分け隔てなく接する優しさも好印象で、よくよく見れば顔立ちもかなり整っていて……。

あからさまにモテるわけではないけれど、密かなファンが男子の中に多数いる。

葉群さんは、そんなタイプの女子だった。

「……ていうか、俺、ここでなにしてたんだっけ？」

わけがわからず、ひとまず彼女にそう尋ねてみると、

「……あー、実は今日、突発で避難訓練があったんだけどね」

困ったような笑みで、葉群さんは説明を始める。

「全部終わって教室戻ってきたところで、頃橋くん……貧血で倒れちゃって」

「え、マジで？」

俺、今までの人生で一度も貧血になんてなったことがない。

なのにそんな、記憶失うくらいのハードな貧血になったのか？

大丈夫か？　俺……。

「で、保健の先生が見に来てくれて、大丈夫だからしばらく寝かせようってことで、教室で横になっててもらったの……」

「……へえ。他の人らは？　もう帰った？」

「うん、隣の席のよしみでわたしが見てるって言ったから、帰っちゃったよ」

「えーマジかよ。みんな薄情だな」

クラスメイトがぶっ倒れたのに、みんなさっさと帰ったのかよ。

ひでーなー……。

特に担任と保健の先生、監督責任があるんじゃね？

あと卜部も……いつもは一緒に帰ってるのに、置き去りとかさすがに酷いんじゃね？　まああいつのことだから、早く帰ってゲームしたかったんだろうけどさ……。

「でもまあ、いいか……」

思い直して、俺は机にかけてあった鞄に手を取る。

「葉群さんが見守っててくれたわけだし。ありがとう」

「ううん、お安い御用だよー」

「俺、帰るけど、葉群さんは？」

「わたしは、もうちょっと用事あるから、残ってく」

……こんな時間に、まだ用事があるのか。

もしかしたら、俺のせいで帰りが遅くなったのかもしれないな。

だとしたら、申し訳ない……。

「そっか、気を付けて帰りなよ。もうすぐ暗くなるだろうし」

「うん、ありがとう」

「じゃあ……また明日」

言って、俺は葉群さんに小さく手を振ると教室出口に向かう。

そして、最後に一度振り返ると――、

「――さよなら、深春くん」

――彼女は夕日を背景に、俺に手を振り返した。

逆光になってよく見えなかったけれど——なぜだろう。

その顔は、今にも泣き出しそうな表情にも見えた——。

# ―インターミッション―
# ――夜間飛行

「――日……さ……日和……ん……」

「……ん、んん……」

「……和さん……日和さんっ！」

「……はっ⁉　はいっ！」

肩を強めに揺さぶられ、はっと目を覚ましたのは――東欧(とうおう)のとある国へ向かう途中。

〈天命評議会〉の所有する、ヘリの中だった――。

「……すみません、もう少しで現地に着きますので……」

わたしを起こし、そのうえ申し訳なさそうにしているのは……側近を務めてくれている初老の紳士（うん、この表現がものすごく似合うんです）、安堂(あんどう)さんだ。

もともと一部上場企業の部長をしてたらしいのだけど、貿易関係で外国と揉(も)めたのをきっかけにして、〈天命評議会〉に加入した。

以来、わたしを何よりも尊重し、大事にしてくれて……わたしの中では、ちょっと自分のおじいちゃんみたいな立ち位置になりつつある。

「ひとまず、今日彼らにお願いしたいのは、日和さんの拘束を今後企てないこと。それから、連邦共和国と距離を取り、国連側と合流することです――」

――意外なことに。

……いや、本当はそれほど意外でもなかったんだけど、先日学校に特殊部隊を派遣してきたのは、連邦共和国ではなかった。

彼らの援助を得た東欧の国家、[redacted]の政府軍が、その装備を利用してわたしを拘束しようとしていたのだ。

うん……いかにもあの大統領、そういうのけしかけそうだよなあ……。

ともかく、わたし達はお願いでこちらの言うことを聞くようになった将校を通じ、政府軍トップ達と接触。直で話をしたい、という向こうの要望に応じて、こうして第三国、こちらの指定した会談場所へ向かっているのだった。

「——もちろん、罠が用意されているのは間違いありません」

その顔に緊張感を滲ませ、安堂さんは言う。

「向こうからしてみれば、これは拘束のための絶好のチャンスです。ですから——相手方が現れ次第、即座にお願いで指揮下に置き、情報をすべて聴取。その上で、こちらの『お願い』を漏らさず伝える、という流れでお願いします」

「うん……了解。『お願いリスト』は、もうできてる？」

「はい、こちらに」

「ありがとー」

受け取って、それを眺める。

お願いすべきこと、その相手と手順が簡潔に記載されたリスト——。

そしてふと──わたしは思う。

「……深春くんにバレたのも、こんなメモがきっかけだったなあ……」

わたしが手持ちのメモ帳に書き付けていた、お願いの記録。

それが彼に、秘密がバレたきっかけだった……。

「……もう、二週間かあ……」

彼の記憶を消して、ただのクラスメイトになって──もう十日以上が経っていた。

あの日以来、彼とそう特別な会話は交わしていない。

学校で毎朝顔を合わせて、一日をそばで過ごして、時折二、三言会話をして帰る……それだけの毎日。

──気持ちの整理は、つけようと思っていた。

これ以上彼を巻き込むことはできなかったし……そもそもわたしは、ズルをして彼と付き合い始めたんだ。ここはちゃんと彼を諦めて……わたしのすべきことをしなきゃいけない。

なのに──、

「……」

──わたしは小さく周りを伺い、誰も自分を見ていないことを確認してから、スマホのスリープを解除し、カメラロールからとある画像を呼び出す。

頃橋くんと付き合っていた頃、内緒でこっそり撮った、彼の画像を──。

「……はぁ……」

人にお願いすることは得意なのに。

誰かの気持ちを変えることは、誰よりも上手にできるのに。

わたし自身は——彼の横顔を、不器用な言い方を、笑った顔を、上手く忘れられないままでいる。

＊

——会談は、こちらの思惑どおり、滞りなく進んでいた。

案の定、相手方はここでわたしを拘束するつもりだったようで、最初に我々を迎えに来た将校数人が『お願い』でその計画をあっさり白状してくれた。

さらに——彼らがヘッドセットでリアルタイムに情報共有していたから、あとは簡単だった。

こちらの『お願い』を関係者全員に共有。

いくつかの希望を伝えて、完全にわたし達は場を掌握した。

・〈天命評議会〉スタッフに危害を加えないこと。

・なんとしても、わたし達を無傷で返すこと。

・軍部のトップを会談の場に全員同席させ、我々の意向を把握させること。

あとは――用意された会談の会場で。
古い迎賓館の一室で、相手のトップ数人にこちらの希望を伝えるだけだった。
けれど――会談も終盤に差し掛かり。
引き上げのタイミングを計り始めた頃――。

――建物のどこかで、轟音がした。


『お願い』を使って情報を入手し、すぐ理解する。

――連邦共和国軍だった。

[redacted]国政府軍をバックアップしてきた連邦共和国が――政府軍ごと、わたし達を殲滅しにきたのだ――。

「――日和さん！　撤退です！」

「はい！」

安堂さん、その他スタッフとともに、会談会場を去ろうとする。

けれど――共和国軍の攻撃は激しく、上手く経路を見つけ出すことができない――。

＊

「――日和さんが、落ち込む必要はありません」

日本へ帰るヘリの中で。

安堂さんが、いつまでもうつむいているわたしに優しくそう言う。

「彼らは……確かに犠牲になりました。我々を無傷で帰すために、盾となってくれました。けれどそれは……世界全体にとっては、必要な犠牲なのです……」

「……ありがとう」

安堂さんは――本気でそう思っている。

わたしという存在の価値を確信して、わたしの命を、他よりも優先させるべきものだと思っている。

けれど――あんな光景を見てしまうと。

政府軍の面々が、わたしを守るために銃弾の前に立ちはだかり、身代わりでがれきの下敷きになったところを見ると――思ってしまうのだ。

「そりゃ、深春くんも怖いよねえ……」

気付けば――ヘリはいつの間にか、日本の上空に差し掛かっていた。

日本時間、午前六時ちょっと過ぎ。

尾道は今、夜明けの頃だ——。

東から指す、清浄な光に照らされた瀬戸内海。

それを眺めながら、わたしはきっとまだ蒲団の中にいる、深春くんのことを思う。

柔らかく目を閉じ、ぽかんと口を開けている深春くん。

カーテンの隙間から差し込む朝日を浴びて、寝返りをうつ深春くん。

スマホのアラーム音に目を覚まして、伸びをする深春くん。

そして——始まる一日の中で、わたしのことなんてこれっぽっちも——一ミリも考えない深春くん。

鼻の奥がつんとした。

目が熱くなってじわじわ涙が溢れそうになる。

「——みんな、このあとのわたしの台詞、聞かないで」

周囲のスタッフにそう前置きしてから。

わたしは口に出さないようにしていた——できるだけ意識しないようにしていた『わたしの願い』を、こぼしてしまう。

「——深春くん、会いたいよう……」

# ―第5話―　惑星に願いを

――『世界』なんて言葉が乱用された時代がある。

自分の身の回りの狭い範囲を指して。

あるいは、自分の届かないすべてに思いを馳せて。

そしてときには――その二つを混同して、沢山の人たちがその言葉を消費した。

「――今年も暖冬か……。もうなんか、日本から秋とか冬が消えるのかもなあ。って、また国内でテロかよ！　マジで物騒になってきたな……」

それからずいぶんと時間が経って、現在。世界は当たり前のように、俺達全員の手の中に収まっている。

スマホで朝の最新ニュースを確認しながら、俺は幼なじみのクラスメイト、卜部絵莉と学校に向かって歩いていた。

「あー……犯行声明も予想どおり……。そのうち、こっちの方でもやられたりすんのかなあ……」

「ちょっと、歩きスマホ危ないよー」

先を歩いていた卜部が、呆れたようにこちらを振り返って言う。

「躓いて転んで、そのまま海まで転がってっちゃうよ」

「そんな昔のアニメみたいなこと起こるわけないだろ……」

「起こるよ、わたしが起こすもん」

「どうやって？」

「海まで蹴って転がす。それが嫌ならほら、歩きスマホやめよ」

まぶしい朝の光を浴びて、彼女の姿は邦画のワンシーンみたいにも見える。

かつてはがさつだっただけのこの幼なじみは、ここ数年でめっきりきれいになった。

そんな彼女にここまで言われると――なんだか素直に、言うとおりにしなきゃいけない気がしてしまう。

ため息をつき、スマホをポケットにしまった。

視線をあげると――目の前には、古びた住宅に挟まれた狭い坂道が延々と曲がりくねっていた。息を切らしそれを上りながら――俺は道沿いの家々、その郵便受けに突っ込まれた今日の朝刊に、見慣れた文字列を見かける。

「……〈天命評議会〉、またなにかあったのか」

思わず足を止め、そんな声をあげた。

一面の見出しになっていたのは、とある東欧の国で起きたという武力衝突の速報だ。

〈天命評議会〉と[redacted]国政府軍が会談を行っていた建物で、戦闘が発生したというニュース。政府軍には大きな被害が発生、トップ層にも死者が出たそうだ。

ただ、〈天命評議会〉側からはなんの発表もなく、彼らの声明が待たれる……という状況らしい。

〈天命評議会〉――この大げさな名前の組織は、最近よくニュースで見かけることになったシンクタンクのような機関だ。今回の会談のように重要局面に頻繁に顔を出している、今間違いなく世界を最も動かしている組織だと言える。

――まあ、でも。

「……今の俺にとっては、別世界の話だなあ」

――いつか自分も、こんな風に世の中を左右できるようになりたいと思っていた。

重要な会談に参加し、その能力を持って国際政治を切り開く。

けれど――現実問題、俺は今ただの田舎の男子高生だ。

世の中に対してできることなんて、なにひとつない――。

そのためにも――まずは勉強だ。勉強して、知識をつけて、この街を出て大学に入って――そんな未来を手に入れなくちゃいけない。

それに、

「……もー、なにしてんの？」

新聞受けの前で立ち止まる俺を、もう一度卜部が呆れた顔で振り返る。

「気になるもの見つけても、いちいち立ち止まらないでよ」

「……だな、ごめんごめん」

将来だとか、世界だとか、そういう遠い話のその前に俺はひとつ――大きな困りごとを抱えている。

この胸にある『わけのわからない感情』の意味を、見つけ出さなきゃいけない。

まずはそれを、なんとかしなきゃいけない。

＊

「──葉群さん、今日は休みか」

いつものように教室に到着し、朝のホームルームが終わり。

俺は隣の席を──葉群日和さんの席をちらりと見ると、深く息をついた。

「そっか……うん、そっか……」

ほっとしたような、残念なような、酷く寂しいような──複雑な気分だった。

葉群さんは、今日学校に来ない。

その顔を見ることができない。

突きつけられたその事実に、無意識のうちに肩を落としてしまう──。

──抱えている困りごとが、これだった。

なんだか妙に──葉群さんが気になるのだ。

あの日……突発の避難訓練のあったあの日、貧血になった俺を見守ってもらって以来ずっと

――。

彼女との接点なんて、それまで特になかった。

今年初めて同じクラスになって、二学期になって隣同士の席になった。

その距離の近さから、毎日二、三言くらいは会話を交わしていたと思うけれど、本当にそれだけ。

かわいい子だな、とぼんやり思っていて、けどまあ特別ではなくて……ちょっと好印象のクラスメイト、というくらいの立ち位置だったはずだ。

――それがあの日、すべてが変わってしまった。

そのせいで、なんだか会話まで上手くいかない始末で、

「――おはよ、頃橋くん。今日ちょっと寒いね」

「お、おう！　そう、だな……割と、朝とかな……」

「――ねえごめん、次の数学、教科書忘れちゃって……。見せてもらえないかな？」

「……ああ！　構わないよ……いくらでも、見てくれよ！」

「――次の生物、どこでやるんだっけ？」

「えっと……生物室だったはず！　……あいや、教室だったわ。……ああ違う、やっぱ生物室だ！」

——どう考えても、挙動不審だ。

葉群さんも、正直引いていることだろうと思う。

今のところ、普段どおりに優しく接してくれているけど……このままじゃ、いつか距離を取られてしまうかもしれない……。

「……それは、凹むなあ」

……想像してみて、思わずそうこぼした。

あの優しい葉群さんに避けられたら……その精神的ダメージはかなりのものになるだろう。

でも——それでも。

あの子を前にすると、不思議な気分になるんだ。

本当はもっと、なにか彼女と色々経験したことがあったような。

大切な秘密を共有したことがあるような、懐かしいような、胸が苦しくなるような——。

……けれど、それはそれでちょっとオカルトチックな妄想な気がして、

「……誰にも、言えねえなあ……」

机にどーんと上半身を投げ出すと、窓の外を眺める。

今日も、眼下に広がる瀬戸内は朝の光で細かくきらめいていて、その向こう、葉群さんの住むという向島は木々の緑に映えていて――『君が住んでいる街まで、飛んでいければいいのに』みたいな歌詞の、人気バンドの曲を思い出す。

＊

「――ト部ー、帰ろうぜー」

「……うん」

いつものように、放課後ト部にそう声をかけると――彼女は妙な間を置いて、怪訝そうな顔でうなずいた。

最近こいつ、なぜか帰りはいつもこうなのだ。

それこそ、例の避難訓練の日以来ずっと。

「……なんか、最近どうしたんだよ」

昇降口を抜け、学校の正門を出た辺りで、俺は思いきって尋ねてみる。

「帰り誘うと、微妙な顔して……。もしかして、俺と一緒はもう嫌だった？」

「……いや別に、そういうわけじゃないけど」

「じゃあ、なんだよ？」

「だってほら……あの子はいいのかなって。彼女」

「……は？　彼女？」

「うん。付き合い始めてからは、帰りはあの子とだったじゃん。なのに最近はわたしとばっかりで……いいのかなって」

……。

……。

……。

……なに言ってるんだ、こいつ？

彼女？　付き合い始めてから？

「……いや、彼女とか、いねーけど」

一体、なにを勘違いしてるんだろう？

なんか、どっかから変なデマでも仕入れてきたのか？

残念ながら、俺は彼女いない歴＝年齢の誇り高き独身貴族だ。

というか、あの子と一緒に帰るようになったとか言ってるけど、俺らずっと一緒に帰ってたじゃねーか。

……もしかして、卜部も俺と同じように、あの避難訓練の日以来ちょっとおかしくなってしまったんだろうか。

けれど、卜部は卜部で、

「……あ、ああ……なるほど」

と、なんだか納得したような顔をしている。

「もう、フラれ……いやなんでもない！」

卜部は「今の台詞なし！」とでも言いたげに手をブンブン振ってみせ、

「ごめん気が利かなくて！　そうだよね、深春も色々あるよねーそりゃ。もう、これ以上言わないから……」

「……おう」

なんか、壮大な勘違いをされたような気がするけど、まあいいか。

よくわかんないし、誤解があるにしても放っておけば解消するだろう。

――そうこうしているうちに、卜部の家の前に着いた。

俺の家は、ここから徒歩で数十秒ほど。

彼女とは、一旦ここで別れることになる。

と、玄関前で卜部はふいにスマホを手に取り、短く操作して画面を見る。

そして――、

「……そっかぁ……」

と、小さくつぶやいた。

「ん？　どうした？　メールかなんか？」

「……ああ、んーん、気にしないでこっちの話だから。そんじゃあ、荷物置いて色々したら、そっち行くわ」

「……おう、じゃあまたあとで」

「んじゃねー」

言い合って、俺と彼女は手を振りあった。

*

——そして、一時間後。

俺はいつものように卜部とゲームに勤しみながら、一人考えていた。

葉群さんに対する気持ちのこと。彼女に抱いている、わけのわからない感覚。

そして——卜部のさっきの言葉に。『彼女』だなにだのという勘違いに、ちょっと動揺してしまった理由を。

「——深春、ボム溜まった？　溜まってたらちょっと助けて」

「おー追われてんな。おけ、一掃するわ」

「頼むー」

ト部と連携して敵を倒しながら――うん、と、俺は認めようと思う。

そうだ――本当は、わかっていた。

葉群さんに対する、俺のこのわけのわからない気持ち。

それが一体――何なのかを。

その気持ちが、なんという名前なのかを――。

「――よし、全員倒した」

「ありがと、この辺塗っとく」

「じゃあ俺戻るわ――ってやべえ、あっちの方めっちゃ塗り返されてる！」

――それでも、やっぱり納得がいかないのだ。

なんで急に、あの子にこんな感情を覚え始めたのか。そのきっかけが、なんだったのか。

……いや、きっかけはあの日なんだろうけど。

貧血の俺を、あの子が見守ってくれていたからなんだろうけど。

けれど……それだけとは思えないのだ。

俺が今彼女に抱いている感覚は、そんなシンプルなものじゃない。

もっと複雑な感情が絡み合って、それでも消えないでいる――とても強い気持ちだ。

「あーダメだ！　やべぇ間に合わねえ！」

「わたしもそっち行くわ」

「頼む！　ギリかも！」

　──だから、結局のところ俺は踏み出せない。

　自分の気持ちの重さに、自分自身が怖じ気づいている。

　突然生まれたやっかいすぎる気持ちを、もてあますことしかできない。

「──あー、負けたー！」

「巻き返しきれなかったねー」

　試合が終わり──ジャッジキャラの鳥くんが、俺達の敗北を高らかに宣言する。

　ギリギリの戦いに敗れた俺達は、すぐに次の試合には行かずジュースに手を伸ばしたり手の平の汗を拭いたりする。

　こういう風に無言の時間があっても、卜部相手だと気を遣わないからありがたい。

　ゲームに熱中したときは、お互いずっと無言でプレイし続ける、なんてこともあったりする。

　けれど──今回は、静けさが長くは続かず、

「……あー！」

　ふいに──卜部がそんな声をあげた。

　そして、彼女はジュースのコップを置くと、

「ごめん！　もう聞かないつもりだったけど、やっぱりちゃんと確認したい！」

背筋を伸ばし、身体ごとこちらを向いた。

「……な、なんだよ」

そのかしこまった態度に、思わずこっちも座り直す。

なにを言われるのか、とはらはらしていると、卜部は珍しく迷うような表情を見せてから、

「……葉群さんの件」

——その名前を、はっきりと口にした。

「深春今も……あの子のこと、気になってるよね？」

「……わ、わかるのかよ⁉」

「そりゃ……わかるよ。ずっと近くで、深春のこと見てるんだから……」

今まで、あの子に特別な感情を抱いていることは誰にも言っていなかった。

もちろん、卜部にもそのことは気付かれていないつもりだったけど……案外こいつ、察しがよかったのか？

「それで！」

と、卜部はこちらに身を乗り出し、

「そのことは、ちゃんと向こうに伝えてるの？」

「……い、いや」

その圧にたじろぎつつ、俺は首を振る。

「そんな、言うわけないだろ……」

「……なんで？」

「だって……こんな気持ち聞かされても、向こうも困るだろうし……」

自分だって、なんでいきなりこんな風に思うようになったのかわからないんだ。

葉群さんだってどうリアクションすればいいのかわからないだろうし……最悪、それをきっかけに距離を取られてしまうかもしれない。

それは……どうしても避けたかった。

離れてしまうくらいなら、今の関係を続けられる方がずっとましだった。

けれど――、

「……ねえ、深春」

――呼びかける卜部の声は、真剣だった。

「あの子のこと……大事なんでしょ？」

「……多分」

「……多分ってなによ」

その表情に――怒りの色が混ざる。

「そういうのはっきりさせなよ。ちゃんと白黒つけて、自分の気持ちを決めていくのが、わたし深春の良いところだと思ってたんだけど」

――自分を決めるのが、俺の良いところ。

確かに、俺もそういう自分でありたかった。

いつか、もっと大きな選択をできる人間になりたいんだ。

だとしたら――こんなところで迷っている場合じゃないのかもしれない。

どうなるかわからなくても、まずは踏み出してみるべきなのかもしれない――。

「……でも、さすがにいきなりはキモいというか……向こうも引くだろうし」

「別にいいじゃんキモくても。それは深春が真剣だからじゃん。引かないよあの子なら」

「……いや、でも重すぎるのはアレだって。マイナスの印象になりたくないんだよ」

「そんなことで、深春が嫌われるわけない」

「……そうかあ？　確かにちょこちょこ話はするけど、別に特別――」

「――あーもう！　めんどくさいなあ！」

俺の正当な懸念（けねん）を『めんどくさい』でぶった切ると、卜部はぐしゃぐしゃと髪を搔く。

そして、

「今からでも、行ってきなよ！」

冗談でもなんでもない表情で、そんなことを言い出した。

「え、ええ⁉　今から⁉　ていうか、行くってどこに？」

「……実はさっき、わたしの友達が、千光寺近くを歩いてる葉群さん見かけたんだって。ラインで言ってた」

「……マジで？」

さっきラインで、って、卜部の家の前で来たのがそのラインか……？

というか、

「あの子、今日、体調不良で休んだんじゃないのか？」

千光寺といえば、俺達の家がある辺りよりも山の上の方にある。

葉群さんが身体を壊しているなら、その辺りまで行こうと思うとはちょっと思えない。

けれど、

「……多分、違うんだと思う」

卜部は言って、首を振る。

そして彼女は、ほとんど確信しているような表情で――、

「きっとあの子――深春と同じような気持ちで、学校休んだんだと思う」

――そんなことが、あるんだろうか。

俺が抱いていないのは、俺自身にも理解できない出所不明の感情だ。

そんなものを、あの子が抱いているなんて、そんなことがあるんだろうか――。

けれど、

「――だから、行ってきなよ」

卜部は珍しく、有無を言わせない口調でそう言う。

「多分あの子、まだ千光寺らへんにいるよ。探せばきっと見つかるから――行ってきなよ」

――正直に言えば、まだわけがわからない。

全部卜部の勘違いなのかもしれないと思うし、その可能性の方が高いとさえ思う。

けれど――なぜだろう。

今、このままこうしているべきではない気がした。

葉群さんと会って、話をして――できることなら、気持ちを打ちあけたいと思う。

「……行ってくるわ」

「うん」

立ち上がると、卜部が俺を見上げてこくりとうなずく。

「まあ……ダメだったら、慰めるくらいはしてあげるから」

「おう、助かる」

うなずき返すと、俺は部屋を出ながらもう一度彼女を振り返り、

「ほんと、ありがとう」

そう言って、手を振った。

そんな俺に、彼女はぐっと握り拳を突き出し——短く言った。

「頑張れ——深春」

＊

——自宅を出て、一気に千光寺まで駆け上がった。

ちょうど自宅前の通りは、その入り口まで一本の道で繋がっている。

暮れゆく夕日を背中に浴びながら、俺は人の手で積まれた石段を一段飛ばしで登っていく。

そして——到着した千光寺。

辺りをぐるっと探し回ってみたけれど、

「……いねえ」

葉群さんの姿は、どこにも見当たらなかった。

「やっぱり、ト部の友達の見間違いじゃねえのか……」

本当はただそっくりさんを見かけただけ……とか。

本人は向島の自宅で、普通に療養中……とか。

だとしたら、とんだ無駄足だ。

変な期待までしちゃってるし、肩すかしにも程がある――。

――けれど。

「でも……もう少し」

もう少しだけ、探してみようと思う。

俺は千光寺の敷地を出ると、さらに山の上に向かう道を歩き始めた――。

――坂道が、ずっと好きじゃなかった。

俺の部屋を狭くし、移動を大変にし、行動範囲まで狭めるこの急な斜面。

尾道市(おのみちし)からすれば観光資源なんだろうけど、そこで暮らす俺達からしてみれば、ただただ面倒なだけの障害でしかなかった

だから――早くこの街を出たいと思っていた。

平地の多い向島をうらやましくも思っていた。

ああいう場所に生まれ育てば、もうちょっと今の人生も違っていたんじゃないかと思う。

――けれど、こうして山の上から見る夕日は。

葉群さんを探しながら、瀬戸内海越しに見る夕日は、思わず呼吸を忘れてしまうほどにきれいで――。

ここが——俺達の街なんだなと。
俺達は、ここで生まれ育ったんだと、そんなことを今さら実感した。
そして——、

——見つけた。

山道の途中にある、尾道の観光名所。
通称——ポンポン岩。
この街が一望できるその岩の上で——彼女は、葉群さんは。
ぼんやりと座り込み膝を抱え、一人で景色を見ていた。
その表情は——なぜだろう、一仕事終えたあとのように見えて。
大変な一大事業を終えたあとの、疲れ果てた顔にも見えて——妙な胸騒ぎを覚える。
「……葉群、さん？」
呼びかけると——彼女は弾かれたように振り返った。
「……頃橋、くん……？」
その目を見開き、信じられないものでも見たかのように、ぽかんとしている葉群さん。
彼女はしばし、ぼんやりとこちらを見つめてから、

「……どうして？」

うわごとのように、そうつぶやく。

「……どうして、ここに？」

「話したいことがあって」

俺は――彼女にはっきりとそう答える。

「伝えたいことがあって――君を探してたんだ」

立ち上がる葉群さん。

夕日を背にした彼女と向かい合い――俺は話を始める。

「……なんか俺、最近おかしいんだよ」

「……おかしい？」

「ああ……。なんだか妙に、葉群さんのことが気になるんだ。学校では、どこにいるかなって探しちゃうし……そばにいないときは、今なにしてるんだろうって考えちゃうし……」

――葉群さんが、口元に手を当てる。

その丸い目を動揺に泳がせる。

「……はは、ごめん、わけわかんないよな」

そりゃ、そんなリアクションにもなるだろう。

ただのクラスメイトにそんなことを明かされれば、驚くし怖いに決まっている。

けれど――俺は言葉を止めない。

「それだけじゃないんだ。なんだか……特別な気持ちがあるんだよ。俺には、なにかすべきことがあるような……君のために、なにかやりたいことがあるような……うん。自分でも、言っててよくわかんないけど、そんな気持ちがあるんだよ。なんなんだろうな……でも、そういう、強い気持ちがあって……抑えられないんだ」

そして――俺は深呼吸すると。

その気持ちを彼女に、葉群さんに伝える。

「――君が、好きなんだ」

――そうだ、俺は葉群さんが好きだ。

今こうして目の前にいる、葉群日和に恋している――。

「……こんなの、初めてだよ」

自嘲気味に、俺は言葉を続ける。

これまでだって、人並みに恋をしたことはあった。

告白したことこそなかったけれど、胸の苦しさに眠れない夜を過ごしたこともあったし、声をかけてもらっただけで天にも昇れる気持ちになったこともあった。

それでも——、

「君とは——葉群さんとは、まだそんなに話だってしたことないのに。それでも、全然俺の中で、この気持ちが揺るがないんだ。もうずっと——君のことが好きだったみたいに」

——その気持ちの強さに、俺自身が困惑している。

ついこの間始まった恋にしては——放課後、優しくされただけで始まった好意にしては、その気持ちは複雑な色合いを持ちすぎている。

かわいいと思う、そばにいたいと思う、大切にしたいと思う。

それだけじゃない——。

俺はほんの少し、感じているのだ。

葉群さんに対するもどかしさ、小さな苛立ち、出所のわからない不満に——信頼、共感、羨望。

こんなの——一クラスメイトに抱くような気持ちじゃない。

そして、俺は、

「——それを、君に伝えたいと思ったんだ」

そんな身勝手な希望を、明け透けに口に出す。

「……気持ち悪いよな、ほんとごめん。でも、なぜか……そうしたいと思ったんだ。知ってもらいたかったんだ……」

——俺達の間を、黄昏（たそがれ）の秋風が吹き抜けていく。

沈みかけた夕日に照らされて——葉群さんの姿は、今にもその蜜色に溶けていきそうに見えた。

そして、長い沈黙のあと——。

「……本当に？」

葉群さんがあげた言葉は——動揺に酷く震えていた。

「本当に頃橋くんは……そんな風に思ってくれるの？」

すがりつくような目で、救いを求めるような表情で、尋ねる葉群さん。

「怖い思いもさせちゃったよ？　これからもきっと……沢山辛い思いさせるよ？　わたしだって、わたしがこの先どうなるかわからない……」

葉群さんは、自信なさげに視線を落とす。

その唇が、不安げに震えている。

けれど——彼女は決心したように顔をあげ、

「……それでも」

と、小さく首を傾げ、俺に尋ねる——。

「今でもわたしのこと——好きだって言ってくれるの？」

「――ああ」

はっきりと、俺はうなずいた。

きっと俺は、彼女の言葉の意味をすべては理解できていない。

怖い思いだとか、辛い思いだとか、どうなるかわからないだとか……彼女が伝えたいことを、飲み込むことはできていない。

それでも――強く思うのだ。

「俺は、君が好きだ。そのことを――知ってほしいと思う。君がなにか抱えているなら、それを知りたいと思う――」

――彼女の目から、雫がこぼれ出した。

慌ててそれを拭う葉群さん。

けれど、涙は次々と頬を伝って、拭いても拭いてもキリがない。

「……ありがとう」

吐息混じりに、葉群さんは言う。

「そんな風に、思ってくれて……本当にありがとう」

――ずっと、苦しかったんだろうと思う。

感情が溢れ出し、せき止められない様子の彼女。

きっと葉群さんは、むりやり自分の気持ちを押し殺して隠してきた。

彼女の表情に――どこか解放された様子のその顔に、俺ははっきりとそのことを感じ取る。

そして彼女は小さく咳払いすると、深呼吸してこちらを向き、

「……それじゃあ、伝えるね？」

まっすぐ俺を見て、そう言った。

「わたしの秘密を、今ここで、頃橋くんに伝えるよ？　……本当に、大丈夫？」

「ああ」

その言葉を受け止めて、俺はうなずいた。

その意味はわからないのに――俺には、彼女の言いたいことが間違いなく理解できた。

「それがどんなに辛いことでも――俺に教えてほしい」

「……わかった」

ふうと息を吐くと、小さくほほえむ葉群さん。

そして――彼女は俺にこう『お願い』する。

「――全部、思い出してください」

その言葉に――情報がなだれ込んできた。
見たことのない映像、風景、音、言葉、知識――。
そこには――沢山の光景が。
葉群さんと過ごした時間が詰まっていた――。
――ポンポン岩で告白する葉群さん。
――フェリーの上から手を振る葉群さん。
――チョコをかじり、驚いている葉群さん。
――「寂しかった」と泣いた葉群さん。
そして――「すべて忘れてください」と俺にお願いする葉群さん。
それらがすべて、俺の頭の中に収まり。
ようやくなにが起きたのかを理解した俺は――、

「……日和ぃぃぃいいいいぃぃぃい……」

深く深く息を吐き出しながら……その場に崩れ落ちてしまった。
……そうか、そうだったのか。

日和と俺の間には、そんなことがあった……。

だから、俺はあんなことに……。

記憶は消されても、気持ちだけは残っていた。

幹がないのに枝だけは豊かに茂っているような、不自然な心境になっていた……。

「……なに、やってんだよお前……確かに、俺も悪かったけどさあ！」

俺の側にも原因はあると思う。

あきらかに——日和の前で怯えてしまった。彼女の能力に恐怖してしまった。

そのことは、本当に申し訳ないと思う。

——けれど、

「……なにも……記憶、全部消さなくてもいいだろ！」

まさか、そこまでするとは思わなかった。

俺と日和が仲良くなる過程と付き合ったあと、その記憶すべてを消されるなんて……。

「……でも、だって！」

日和は必死の表情で申し開きする。

「本当に、怖い思いさせちゃったと思ったんだもん。お願いのことも、学校にあの人達が来たことも……牧尾さんの、ことだって」

……牧尾さんのこと。

そうだ、そんな大切なことまで、俺は忘れてしまっていた。

俺に日和の状況を教えてくれた、あの気さくな人の死のことまで——。

そして、彼女の言うことだって、本当はわかるのだ。

だから俺は——まずは素直に認める。

「……うん、怖いよ。今も、足が震え出しそうなくらい怖い。起きたこととか、自分がしちゃったこととか……叫び出しそうになるくらいだよ」

「……でしょう?」

「やっぱり、全然整理がつきそうにないし。あんなことになって……俺、どうすればいいのか。どうすれば償えるのか……そういうの、全然」

どれだけ『お願い』したって、失われた命は戻ってこない。

彼が俺の行動をきっかけに牧尾さんが亡くなった事実は、どうやったって変わらない。

その恐怖は、罪悪感は、文字通り底なしだった——。

「……でも!」

と、俺は息を吸い込み、

「そういうのを、忘れたくないんだ。ちゃんと背負っていきたいと思うんだよ! 牧尾さんが優しかったこと。そんな彼に……自分がしたことを!」

——できることは、それだけなのだと思う。

彼の存在を心に刻むこと。

どんな人で、なにを願って、俺からはどんな風に見えたのか。

せめてそれだけは――忘れずにいたいと思う。

最後まで、絶対に手放さないでいたいと思う。

そして、

「……そう、だよね」

日和は、静かにそう答える。

「忘れたく、ないよね……。わたしも、ずっと忘れないよ。牧尾さんのこと。わたしが、あの人にしちゃったこと……。それに……それだけじゃない」

彼女は視線を落とし――こぼすように、自分を責めるように言う。

「あの人だけじゃない……これまでの、ことだって……もっとずっと前からあった、色んなことを……色んな人を……わたしも、忘れたくない……」

――彼女が強く唇を噛むのを。

その手がぎゅっと握られるのを見ながら――ああ、と。改めて思う。

日和はもっと――残酷な光景を見ているはずなんだ。

内戦の起きた国で、テロ組織への攻撃で、独裁国家の内部で。

俺が味わったよりも遥かに大きな苦痛を、きっと味わい続けてきた。

その中で、牧尾さんのように命を落とす者だっていただろう。

大切な仲間を失ってきたんだろう。

それを日和も、覚えていたいと思っている。

自分の罪を、背負い続けていたいと願っている。

……なら、と俺は思う。

この日和が、そんな思いをしているなら。

目の前の女の子が、そんな重たいものを抱えてきたのなら——。

「——それを俺、少しでも持ちたいと思う。支えになりたい。ちょっとずつでいいから、日和のことを知りたい」

「深春……くん……」

「それで……」

俺は——彼女の両手をぎゅっと掴んだ。

「いつか、全部知って……その上で、日和の隣にいたいんだ」

——心から、俺はそう願う。

日和のすべてを知りたい。

それはきっと、とても苦しいことなんだろう。

目を背けたいこと、耳をふさぎたいことだって山ほどあるだろう。

それでも——俺は彼女のそばにいたい。

だって——、

「俺は——君が好きだから」

——その気持ちだけは、どうしたって消えることはなかった。

あの日、彼女のお願いがきっかけで芽生えた気持ち。

それが今は、お願いなんかなくたって、間違いなくこの胸にある。

俺の目の前にいるのは——かわいくて愛おしくて仕方がない、一人の女の子。

——俺の恋人、葉群日和だ。

「……ありがとう」

もう一度、涙を拭いながら日和は言う。

「うれしい……ありがとう」

ほっとしたように緩む、日和の口元。

その表情に、釣られて俺も小さく笑いながら、

「……ひとつ提案があるんだ」

彼女にそう切り出した。

「……提案？」

「ああ――」

大きく息を吸い、覚悟を決めると。

俺は、彼女にこう『願う』。

「――もう、忘れないように、って『お願い』してほしい」

その言葉に、日和は小さく息を呑んだ。

「これから見ること、経験することを――全部忘れないように、俺に『お願い』してほしいんだ」

――それが、俺が日和に見せられる覚悟だ。

もう俺は逃げない。日和も、俺を逃がすことはできない。

俺は日和から目を逸らさないし、すべてを抱えてこれからも生きていく。

それが――日和の隣にいるためできる、精一杯だ。

じっと俺を見る日和。

そして彼女は――決心したようにうなずくと。

「――深春くん、もうなにも忘れないでください」

その言葉が――身体に透明に溶けていくのを感じる。

なにかが変わったわけではない。気持ちに変化があったわけではない。

けれど――きっと、と俺は思う。

俺達の関係は――今もう一度、始まった。

「……ありがとな」

「ううん、こっちこそ……ありがとう」

「……ていうかさ」

と……そこで俺は、どうしても気になっていたことを口にする。

「割と日和……ちょこちょこ俺の記憶、消してたんだな」

「……!?」

「例の件の前にも、なんかその……失敗したとき、こまめに記憶消してたんだな……」

ここで初めて知る短い記憶が、ぽろぽろあるのだ。

例えば――思いっきりくしゃみしたせいで鼻水が出てしまった日和の顔とか。

靴下が左右全然違うヤツで、恥ずかしがっている日和とか。

さらには……風でスカートがめくれてパンツが丸出しになった日和、なんて記憶さえある。

少なくとも、学校に特殊部隊が攻めてきたときの俺には、そんな記憶がなくて——つまりこれ、日和は日頃から俺の記憶、ちょいちょい消してたってことだよな……。

「——見、見ないでえっ！」

日和がすがりついてくる。

「それ……本当に恥ずかしいヤツだから！　絶対見ちゃダメなやつだから！」

「そ、そう言われても、もう記憶戻っちゃったしなあ……」

「じゃ、じゃあまたお願いで——」

「——もう無理だよ！　さっき忘れないでってお願いしたばっかりだろ！」

「……ええええ〜……」

「……そんなに肩を落とすなよ。俺も、できるだけ思い出さないようにするから……」

「……なら、まあいいけど」

不満げに唇を尖らせている日和。

それがなんだか面白くて……俺は笑い出してしまう。

もう一度、日和がそばにいる。彼女との日々がもう一度始まる。

そのことが、怖くて、不安で——そして、どうしようもなくうれしい。

最初は不思議そうな顔をしていた日和も、俺に釣られて笑い出した——。

だから——俺は、きちんと伝えておこうと思う。

「——改めて、言うよ」

今度は、俺から『お願い』しようと思う。

「——俺と、付き合ってください」

その願いに日和は——日差しのように眩(まばゆ)い笑みを浮かべて、こう答えた。

「——はい、よろしくお願いします」

# エピローグ

「——あーそうか！　卜部さん！　あー!!」

もう一度彼氏彼女になった、その日の帰り道。

俺がポンポン岩に来た経緯を説明すると——日和は素っ頓狂(とんきょう)な声をあげた。

「そうだった、あの子も、わたし達が付き合ってるの知ってるんだった……！　すっかり忘れてて……その記憶も消してなかった……」

「……まあでも、そのおかげでこうして、また元に戻れたんだから」

その驚きぶりに笑い出しつつ、俺はそうフォローする。

「ケガの功名だろ。もしちゃんと記憶消しちゃってたら、俺も気持ちのやり場を見つけられなくて、ずっともやもやしてたかもしれないし」

「……そうだねえ」

ようやく日和がその表情を緩める。

点り始めた街灯に照らされて、彼女の顔は月のようにぼんやり光を宿して見えた。

「卜部さんには、本当に感謝だね……。いつか、なにかの形でお礼を言えればいいんだけど……」

「ああじゃあ、もしよければ」

と、俺はそこで前から考えていたことを。

こうなれば良いなと思っていたことを、日和に提案してみる——。

「今度三人で遊びに行ったりするか？」

「……えっ、いいの？」

それが何やら意外だったらしい、日和は小さく目を見開く。

「なんでダメなんだよ？」

ちょっと憧れだったのだ。

古くからの幼なじみである卜部と、恋人である日和が仲良くしている光景は。

だからなぜ、日和がちょっと引き気味なのかわからないのだけど、

「えー、だってその……」

と彼女は口ごもる。

「卜部さん……すごくきれいだし」

「なんでそれが、遊びに行っちゃダメな理由になるんだよ」

思わず、笑い出してしまった。

ハイカースト女子が怖い、という意味ならわかるけれど、きれいさ基準で言うなら俺は日和の方がよっぽどきれいだと思う。

「それに、なんか……秘蔵の幼なじみで、簡単に世には出さないのかなって……」

「なんでそんな、俺があいつを箱入り娘扱いするんだよ……」

「どこの馬の骨ともわからん女と、遊ばせるわけにはいかん、みたいな……」

「いやあいつ、全然遊び行ってるから。なんかすげえケバい感じの女子と広島の方とか遊びに行ってるから」

「……そっか」

と、日和はもう一度口元を緩め、ふっと息を吐いた。

「じゃあ……卜部さんもいいって言うなら、お願いしてみようかな」

「おう、ちょっと話してみるわ」

──そんなことを話しているうちに、フェリー乗り場に着いた。

見送りはここまでだ。

もうあと少ししてフェリーが来たら、日和は向島へ帰っていく。

視線をやると──向島にはぽつぽつと灯りがつき始めていて。

どこか夜の遊園地みたいな造船所や、人気のない住宅街を眺めていると──、

「──いつか」

ふいに日和が声をあげる。

「いつか……わたしの願う世界が実現したら。〈天命評議会〉なんていらなくなって、わたしが普通の女の子に戻る日が来たら……」

「うん」

と、日和はこちらを見て、

「そのときは――わたしの隣にいてね」

――『お願い』もなにも使っていない、日和のか細い言葉。

叶（かな）うかどうかもわからない未来に対する、切実な願い。

日和の表情は、不安げに揺れている。

けれど……多分願いっていうのは、そういうものなのだ。

祈るような気持ちを口にしたとき、それはきっと願いになる。

不確定の未来を前にして、人は神様に、誰かに、星や花や風景に願う。

その先がわからないからこそ――気持ちは願いになる。

だから――今日和が口に出したのは、彼女の本当の『願い』だ。

そして、俺はそれが――現実になってほしいと思う。

日和の願いが叶ってほしいし、俺がその、力になれればいいと思う。

「ああ」

俺は、はっきりと日和にうなずいてみせた。

「絶対に……そばにいるよ」

「……ありがとう」

月明かりに照らされ、日和は表情をとろけさせた。

今のところは、これで十分なんだ。

俺達は、叶うかわからない未来を約束しあって、手を取り合っていきたいと思う。

と、彼女は気付いたような顔になり。

「……そ、それから！」

テンパり気味の声をあげた。

「実は……最初に付き合い始めた頃から、したいことがあって……。その、なんか……急に切り出すのもあれかなと思って、言えなかったんだけど」

「……な、なんだよ」

しどろもどろになる彼女に、思わず身構えてしまう。

そんなに慌てるなんて、一体なにをしたいんだ……？

けれど——彼女は。

日和は一度大きく深呼吸すると、探るようにこちらを見上げ——こう言った。

「……キス……したい」

——その言葉に、強い気持ちが芽生えて。我慢できない愛おしさがこみ上げて——。

彼女を抱きしめながら、俺は改めて実感する。

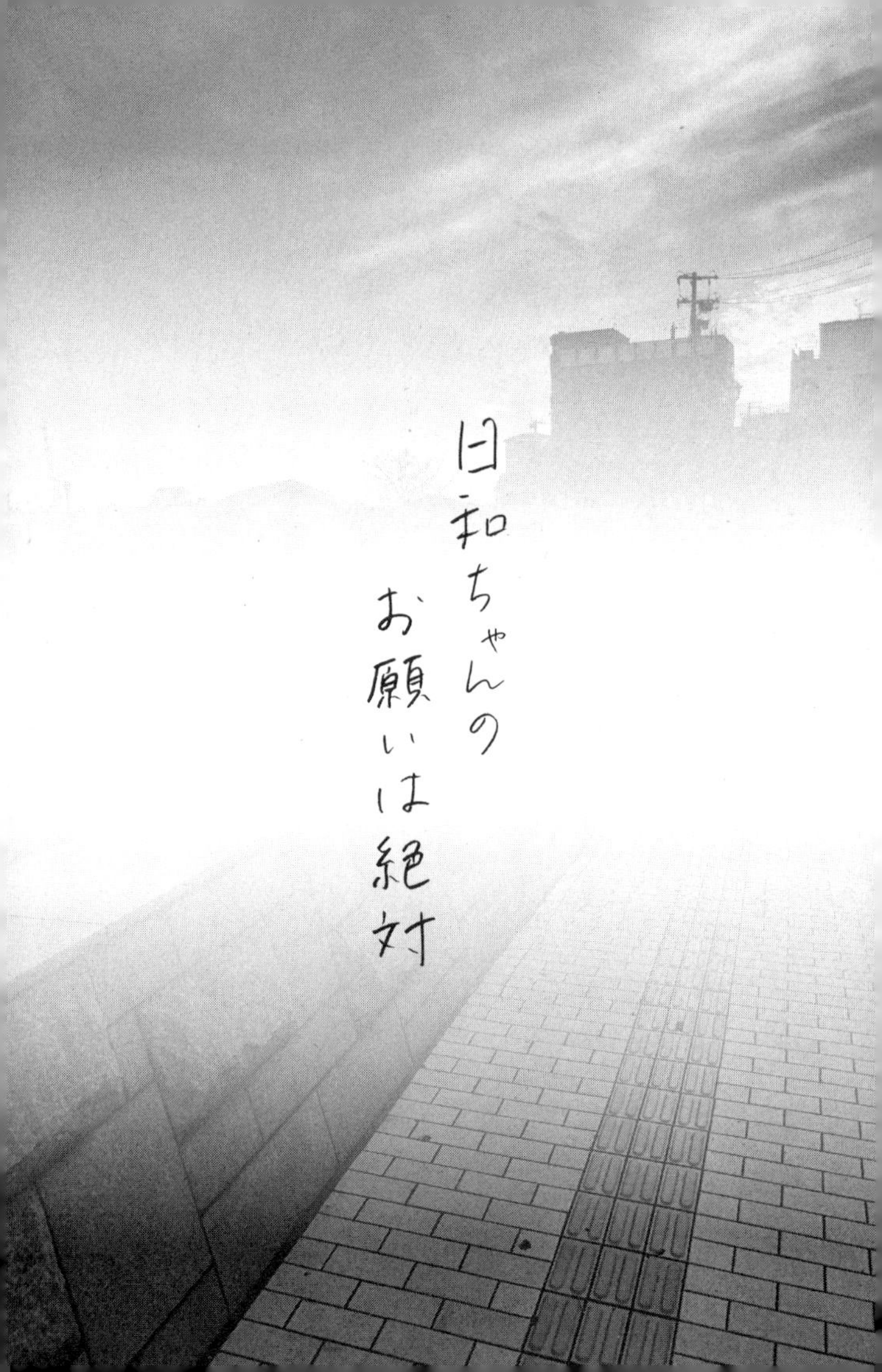
日和ちゃんの
お願いは絶対

# あとがき

高校の頃、とある物語に出会いました。

十七歳で、夏で、部活の合宿に向かうバスの中でのことでした。

友人に貸してもらったそのマンガは、当時五巻まで出てたのかな……。椎名林檎さんの『愛妻家の朝食』をポータブルCDプレイヤーで聴きながら、僕は山道で揺れるバスの中その作品を読み、一発で夢中になりました。

内容は、とある高校生カップルを描いたラブストーリー。ちょうど同世代だった僕には他人事とは思えませんでした。そこに描かれているすべてのことが、自分の感覚と一致していると感じたし、登場人物達を友人のようにさえ感じました。

合宿中何度も読みふけり、地元に戻ってからも新刊をひたすら待ちわびる毎日。

そして――物語が進み。最終回が発表された日には、単行本派だった僕も掲載雑誌を購入し、その結末に衝撃を受けました。

今思えば、あのとき僕の人生は大きく変わったように思います。

それ以前とそれ以降では、決定的に何かが変わった感覚がある。

それ以来、二ヶ月ほどずっとその衝撃が抜けきらない生活をし……ようやく落ち着いたところで、その作品に近い物語がいくつかあることを知りました。そこからは、近似作品をむさぼる日々がはじまり、いつしかそれらが『一つの系統』として（揶揄も込めて）ある呼び名をつけられたことも知りました。

あのころから……どれくらいたったんだろ、二十年近くですかね？

こうして作家デビューし、まあまあ経験も重ねて、初めて、僕もその『系統』で括れそうな物語を書いてみようと思いました。

デビュー当初から、そういう話はあったんですけどね。担当からも先輩作家からも、本気でそれを書くのがいいのではないか、みたいな声はいただいていた。けど、まだ時期じゃないと断り続けてたのです。

それを今、こうして初めて形にしようと思ったのが今作です。

こりずに書こうぜって提案し続けてくれた担当氏、ありがとうございます。

それから、僕のちょっと無茶な提案も受け入れてくださった堀泉インコさん、期待以上、完璧以上でした。本当にありがとうございます。

そして今作を手に取ってくれたみなさん、本当に本当にありがとう。

楽しんでいただけたなら幸いですし、もしも気になったなら、僕が読んだような過去の名作にも手を伸ばしていただけるととても嬉しいです。その作品達は現在『セカイ系』と呼ばれています。

岬　鷺宮

## ◉岬 鷺宮著作リスト

「失恋探偵ももせ1〜3」（電撃文庫）
「大正空想魔術夜話 墜落乙女ジェノサヰド」（同）
「魔導書作家になろう！ ＜ではダンジョンへ取材に行きますか？（はい／いいえ）」（同）
「魔導書作家になろう！2 ＜ならば魔王の誘いに乗っちゃいますか？（はい／いいえ）」（同）
「魔導書作家になろう！3 ＜それでもみんなで世界を救いますか？（はい／いいえ）」（同）
「読者と主人公と二人のこれから」（同）
「陰キャになりたい陽乃森さん Step1〜2」（同）
「三角の距離は限りないゼロ1〜5」（同）
「空の青さを知る人よ Alternative Melodies」（同）
「日和ちゃんのお願いは絶対」（同）
「失恋探偵の調査ノート〜放課後の探偵と迷える見習い助手〜」（メディアワークス文庫）
「放送中です！にしおぎ街角ラジオ」（同）
「踊り場姫コンチェルト」（同）
「僕らが明日に踏み出す方法」（同）

## 本書に対するご意見、ご感想をお寄せください。

ファンレターあて先
〒 102-8177　東京都千代田区富士見 2-13-3
電撃文庫編集部
「岬 鷺宮先生」係
「堀泉インコ先生」係



本書は書き下ろしです。

電撃文庫

# 日和ちゃんのお願いは絶対

みさき さぎのみや
岬 鷺宮

2020年5月9日　初版発行

発行者　郡司 聡
発行　株式会社KADOKAWA
〒102-8177　東京都千代田区富士見2-13-3
0570-06-4008（ナビダイヤル）
装丁者　荻窪裕司（META＋MANIERA）
印刷　株式会社暁印刷
製本　株式会社暁印刷



●お問い合わせ（アスキー・メディアワークス ブランド）
https://www.kadokawa.co.jp/（「お問い合わせ」へお進みください）
※内容によっては、お答えできない場合があります。
※サポートは日本国内のみとさせていただきます。
※ Japanese text only

※定価はカバーに表示してあります。


ISBN978-4-04-913184-0　C0193　Printed in Japan

電撃文庫　https://dengekibunko.jp/

# 電撃文庫創刊に際して

文庫は、我が国にとどまらず、世界の書籍の流れのなかで〝小さな巨人〟としての地位を築いてきた。古今東西の名著を、廉価で手に入りやすい形で提供してきたからこそ、人は文庫を自分の師として、また青春の想い出として、語りついできたのである。

その源を、文化的にはドイツのレクラム文庫に求めるにせよ、規模の上でイギリスのペンギンブックスに求めるにせよ、いま文庫は知識人の層の多様化に従って、ますますその意義を大きくしていると言ってよい。

文庫出版の意味するものは、激動の現代のみならず将来にわたって、大きくなることはあっても、小さくなることはないだろう。

「電撃文庫」は、そのように多様化した対象に応え、歴史に耐えうる作品を収録するのはもちろん、新しい世紀を迎えるにあたって、既成の枠をこえる新鮮で強烈なアイ・オープナーたりたい。

その特異さ故に、この存在は、かつて文庫がはじめて出版世界に登場したときと、同じ戸惑いを読書人に与えるかもしれない。

しかし、〈Changing Times,Changing Publishing〉時代は変わって、出版も変わる。時を重ねるなかで、精神の糧として、心の一隅を占めるものとして、次なる文化の担い手の若者たちに確かな評価を得られると信じて、ここに「電撃文庫」を出版する。

**1993年6月10日**
**角川歴彦**

岬鷺宮、
2作同時
刊行!
「このライトノベルが
すごい!2019」(宝島社刊)
文庫新作部門 第3位

グラフィティの聖地(ブリストル)で、
俺は"翼をもがれた天才"と
出会う――!
池田明季哉
[illustration] みれあ
オーバーライト
――ブリストルのゴースト
Overwrite
The ghost of Bristol
第26回 電撃小説大賞 選考委員奨励賞
グラフィティの聖地を脅かす陰謀に
巻き込まれた訳ありコンビ「落書き探偵(グラフィティ・ディテクティブ)」。
立ち向かう若者たちの
挫折と再生を描いた感動の物語!
電撃文庫

最強の聖仙、復活!!
クソッタレな世界をぶち壊す!!
少女願うに、この世界は壊すべき
桃源郷崩落
「世界の破壊」
それが人と妖魔に虐げられた少女かがりの願い。
最強の聖仙の力を宿す彩紀は
少女の願いに呼応して、千年の眠りから目を覚ます。
世界にはびこる悪鬼を、悲劇を打ち砕く
痛快バトルファンタジー開幕!
小林湖底
ILLUST ろるあ
Should BREAK IT
電撃文庫

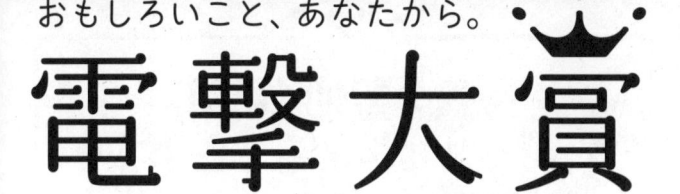